U0143908

威廉姆·爱德华 著

WALTZING
WITH DEATH

死亡
双人舞

美国金融监管
丑闻揭秘

东方出版中心

作者简介

威廉姆·爱德华，1954年出生，加拿大籍，拥有加拿大和中国多重高等教育背景，对中西方经济、文化的关联及比较有深刻的认识。

多年来，他先后服务于可口可乐（1988—1990）、宝利莱（1990—1991）和安达信（1991—1994）等数家名列世界500强的公司，担任这些跨国公司的地区高级经理，也曾任加拿大GAILCO公司的总经理（2000—2002）和香港上市公司副总裁（2007—2009）。

多年的商场实战，使威廉姆·爱德华积累了资本运作、投资决策、市场开拓、财税规划和内部控制管理的丰富经验。他在为安达信地区总部服务最初的两年时间内，就被提升为安达信资深高级顾问，这是在安达信内部一般要通过五、六年时间才能达到的职位。在安达信的经历，为他写作本书提供了基础。

威廉姆·爱德华非常熟悉商务运作的各种手法，特别是会计人员和会计师事务所的工作内幕，对其社会和经济职责有非常深刻的理解。在本书中，他把复杂的专业化行为，用通俗的语言深入浅出加以阐释，破译金融与商场奥秘，提出了审计师应该成为金融欺诈案件的监管卫士！

邮箱地址：William-edward@hotmail.com

目 录

前　言

2008 年,雷曼兄弟破产的噩耗,给了出版界新的兴奋点。一批有关金融风暴的书籍迅速出版,读者们的好奇心,也深入到了陌生的金融世界。

随着大量的金融欺诈行为被揭露,华尔街的黑幕被层层揭开。人们指责黑手搅乱金融秩序,比杀人放火的罪犯对社会的危害还要大得多;人们指责政府的监管系统严重失灵,造成的后果比法律框架出现漏洞还要严重。一些公司被推上被告席,在政府调查和法律诉讼中,最后走向倒闭;一些著名大企业的领导锒铛入狱,昔日的商界精英沦为阶下之囚,令人惊愕不已。

但这些惩治充其量也只是事后的处理,而这些犯罪对世界经济和社会所造成的伤害,却可能影响久远。如同被玷污的少女,即使罪犯被绳之以法,而她纯真的心灵却已蒙覆了浓重的阴影。保护人们幸福的关键,并不在于惩治,而在于防患于未然,从制度上杜绝罪恶可能滋生的空隙。

事实上,今天西方的社会制度,建立在这样的理念之上,即任何人理论上都是好人,但任何人也都可能做坏事。因此,任何社会事物均应在得到尊重的同时,接受严格的监督。那么,应该监督华尔街的金融大亨们的眼睛哪里去了呢,应该对那些欺诈公众的大公司负起监控责任的人是否睡着了呢?

通常认为,政府应该是社会的守夜人。但是,面对复杂的现代社会,政府不是万能的。他要担当起守夜的责任,必须大量地依赖专业的团队。在千变万化而利益巨大的金融世界里,更加如此。然而人们把自己的信任交付给政府的时候,却并不了解这样的事实:政府部门,包括议员们,也包括专业的美联储之类的机构,充斥着大量非专业人士,而那些金融方面的专业人才,其视野出于种种原因也相当受限。要想依靠这些眼睛来看住神通广大的华尔街和诸多的大公司,几乎是不可能的事情。

在西方的金融制度框架中,有一项十分重要的组成部分,就是专业的经济监督体系。这个体系依靠大量存在的会计事务所。会计事务所进一步发展,产生了具有全球活动能力的巨大的财务公司。近几十年,世界上冒出了几个著名的大财务公司。他们经手过的项目,无论在政府机构或者在公众心中,全具备毋庸置疑的权威性。

但现在的情形却是,对于这次影响了全世界经济的金融危机,这些大型财务公司居然根本没有发出警告,一些深陷危机、已经或即将倒闭的大企业,曾经在他们的眼皮底下安全地通过了审核。人们应该提出尖锐的质疑:专业的经济监督者们是睡着了还是另有隐情?我本人曾经在世界排名前三的大会计师事务所从业多年。面对在这次金融危机中财务公司的失职,出于一个专业人员的职业精神,我的内心是非常复杂和难过的。审计机构不是立法或执法机关,但会计师是最了解企业运营内幕的人,会计师的报告在经济和金融诉讼中往往成为关键的证据,为社会和公众提供真实的审计报告,是会计师这一职业最基本的职责。我决定根据我的知识和经验,写作本书,我的目的并不在于揭露更多的黑暗,也无意简单地指责政府的监管系统,而是利用安然丑闻这一著名的案例,从一个专业人员的立场进行深层次的剖析,使公众对当今资本主义世界的经济体制有更清醒的认识。我更希望我在书中的担忧只是杞人之忧,愿金融危机和经济诈骗离我们远去,人们可以在一个诚信的世界里追逐自己的梦想。

事实上,现代大型企业中很多职业经理人的行为有时并不代表董事会和股东的利益与愿望,如果董事会与股东们能够及时发现经理们的某种运营方式将导致公司踏上险途,那么他们就有可能采取措施加以纠正。如果会计师对一切违法违规的行为都能像鹰抓田鼠那样出于本能加以揭露,那么,很多问题都可以在审计报告中反映出来,及时引起关注。公正的会计师事务所,必须拥有一大批具有会计师职业信念,同时精通业务的高素质的专业人才,他们就是会计师事务所的最大"资产"。

然而在我下面将要开始讲述的故事中,我们将直面这样的人群,他们曾是社会的精英、站在商界之巅,但他们背弃应有的职业信念,用他们高超的智商策划罪恶的计划,最终在给世界经济造成重大损失的同时,自己也只落得身败名裂的下场。这样的人才百里挑一,而培养他们成长更是耗费了无数社会资源,他们原本该为我们的社会创造出更多的财富。

有时我会想到,如果我们的社会能够未雨绸缪,在他们开始向罪恶之路踏出第一步时就及时地加以阻止,拨其乱而返其正,就像为运动员多做些保护措施,尽量避免事故,使他们有可能创造更多的好成绩。这样的想法,时常在我的脑中萦绕不去,也是我写作本书的动机之一。

在我开始写作的一个夜晚,恍惚间我仿佛听到耳边响起了古时守夜的钟声,与我心中的思绪产生共鸣。在我思考世界金融风暴的演变时,这钟声似乎在提醒我,在当今的经济金融领域里,谁是尽职的守夜人?谁应该敲响惊醒民众的钟声呢?

1997年亚洲金融危机来势凶猛,让人至今记忆犹新;2001年网络科技行业泡沫的破裂,使美国股市如同遭受了"9·11"事件的打击,宽幅震荡不止,纳斯达克指数一度从5000点跌到了1000点,当时就有人预言:美国乃至世界范围内的房地产泡沫的破裂,将不可避免地接踵而来。但是,当美国道琼斯指数从8000多点又回到14000多点时,社会一时又恢复了繁荣的盛景。金融界巨头们无不举杯庆幸,认为当今的金融体系已经完美无缺,在严谨的管理制度下,风险被有效地分散和隔离,科技泡沫只抹去了大半的纳斯达克指数,而道琼斯指数仍可以再创新高,再造辉煌。专家们断言,世界性的金融风暴,就像新的世界大战一样,几乎很难再现人间。

坏消息还是在随后的几年间陆续出现,但似乎只是平静的大海偶尔涌起几个无关痛痒的浪花。2003年,当时世界最大的能源公司——安然公司忽然倒闭,其震波所及,也不过仅仅带倒了安达信一家会计事务所而已。然而直到2008年人们还悠闲地躺在海边晒日光浴的时候,"金融海啸"却突然席卷而来,其中心恰恰是来自具有风险管理丰富经验的专业投资银行。先是美国的房利美和房地美面临破产而被政府接管,接着3月美国第五大投资银行贝尔斯登濒临破产，无奈被美国现代金融业"教父"摩根大通收购；9月，华尔街再次遭受金融风暴袭击，美国第三大投资银行美林证券难以维持，以440亿美元被美国银行收购；同月美国第四大投资银行，具有158年悠久历史，经历过1929年经济大萧条洗礼，拥有6000多亿美元资产的雷曼兄弟控股公司回天乏术，申请破产保护。前后仅仅半年的时间，华尔街排名前五大的投资银行竟然垮掉了三家。

突如其来的巨大海啸，冲击着整个世界金融体系，由此引发的"经济瘟疫"又逐渐蔓延到实体经济。花旗银行的股价2007年5月21日为55.12美元，到2009年3月5日，已跌至0.97美元；刚刚收购了美林证券的美国银行也自身难保，不得已申请政府援助；庞大的汽车帝国——美国通用汽车滑落到濒临破产的边缘；美国的失业率接近了10%；冰岛和韩国将面临政府破产的危险，欧洲经济面临的危机甚至比美国更加严重……仿佛好梦方醒，全球性的破产和失业已扑面而来，人们惊讶地仰天发问：世界到底怎么啦？

华丽的舞台转瞬间风光不再，原来所谓的盛世只是一张涂抹而成的画幕，当幕布被扯破，人们不禁为其后的黑暗和丑闻所震惊，政府、美联储甚至格林斯潘一时都成为千夫所指的罪人。

其实，在人类对利益的无休止追逐中，政府的监管不可能做到万无一失。当我们观察自然界，会发现自然中存在着巧妙的平衡，调节着物种之间、生物和环境之间的关系，它们互相制约，限制着任何生物的泛滥成灾，使自然界的平衡得以维持。在人类社会中，特别是在世界经济体系中，对于破坏秩序的犯罪，是否也存在类似于自然界的平衡机制呢？

一、安然缔造者

　　我在本书开头,首先想写下三个人的小传,因为他们不但在本书占据重要的地位,而且,他们与席卷世界的金融风暴,有着密切的关系。毫不夸大地说,他们及他们的企业,是风暴的原点之一。

　　首先是肯尼斯・雷(Kenneth Lay),一个牧师的儿子,长袖善舞于各式政要人物之间,虽未正式从政,但一手为安然公司打造了强大的政商联盟。他创建了世界第一大能源帝国安然公司,并资助老布什和小布什总统竞选,是布什家族的老朋友。

　　然后是杰弗里・斯基林(Jeffrey Skilling),少年得志,在考哈佛商学院MBA面试时,面对导师就口出狂言:"我真是×××聪明!"("I'm fucking smart!")有着"点子王"美誉的他曾是麦肯锡(McKinsey & Company)历史上最年轻的合伙人。加入安然公司后,安然公司在他的指引下发展成世界第七大公司,但他也是安然公司的掘墓人。

　　最后一位是亚瑟・爱德华・安徒生(Arthur Edward

Andersen），但他与前两位并非同一时代的人物。他是一位执著的会计师，安达信会计师事务所的创始人，坚持为社会和公众投资人的利益出具真实公正的审计报告，而不肯为了利益放弃会计师的专业原则。他曾经不为社会接受，几乎到了使安达信无法生存的地步，但他坚持下来了，安达信也成为世界六大会计师事务所之一。他于1947年与世长辞，享年62岁。

把三人纠合进本书故事的纽带，是世界最大的能源公司安然和世界最大的会计师事务所安达信之间的关系。这两家公司的合作，或者说合谋，是本书想要研究的主要目标。安然和安达信如同在世界金融舞台上，翩翩起舞的一对"安姓"舞者。遗憾的是，它们所跳的舞曲，却是一曲"死亡双人舞"。

这三个美国人，虽处在不同的年代，但对美国的经济、政治及社会都起到了非同寻常的影响。他们是高智商的天才、富有创造力的伟人，还是特定历史环境中造就的枭雄？ 肯尼斯·雷和亚瑟·安徒生都已作古，而杰弗里·斯基林，正在铁窗下度过24年的牢狱生活，出狱时，他将可以回家庆祝自己74岁的生日。

1. 布什总统称他"肯尼男孩"

"人之初，性本善"，任何一件罪恶都不是凭空而来。曾经不可一世的世界第一大能源公司——安然公司的财务欺诈案也并非早有预制的脚本，在事件的最初，即使肯尼斯·雷和杰弗里·斯基林这样的智者恐怕也未能预见这丑闻最后的结局，更何况安然公司在世界经济领域里确实也曾经是耀眼的明珠，其很多贡献对今天的世界经济仍然是功不可没。因此，当我们想要了解安然丑闻的始末，必须回顾安然公司由创立到破产所走过的整个历程。

安然公司的创始人肯尼斯·雷，他的一生雄心勃勃，深谙政商联盟之道，为实现创建世界第一大公司的梦想而奋斗不已。

肯尼斯·雷，1942年4月

肯尼斯·雷

15日出生在美国密苏里州一个贫穷的牧师家庭。由于牧师家庭的特殊地位，肯尼斯·雷从小就接触到了社会各阶层的人士，他踮起脚，就可以看到上流社会的生活，当他低下头，又将如同自己家一样贫穷的人们的一切尽收眼底。他体会到贫穷的痛苦和富贵的权势，于是，要出人头地的野心从小便扎根于他的心灵。他相貌平平，天资也不算特别出类拔萃，但是他非常努力，刻苦读书。在牧师的家庭中，与各色人等的频繁接触，教他很快懂得社交之道，肯尼斯·雷善于揣摩人的心理，慷慨大方，在各类人群中总能找到合适的话题，不管穷人还是富人，他都能很好地得体相处，被公认为是大众的朋友。肯尼斯·雷的喜怒哀乐很少形诸颜色，但也并不显得城府深沉。现代人已经意识到，融洽的人际关系是取得成功的重要因素，但建立一个可以帮助自己成功的人脉网络却并非易事。肯尼斯·雷的良好人缘，为他日后长袖善舞于各类政要人物之间打下了良好的基础。

1970年，经过多年的努力，肯尼斯·雷完全靠自己的勤奋，获得了休斯敦大学经济学博士的学位。他的成长经历,已足以使他的家乡父老和师长们感到骄傲。但没有人能够想到,肯尼斯·雷的事业,会在多年以后,引得整个美国乃至全世界都颤动了!

刚出校门的肯尼斯·雷并非一帆风顺,他先后做过教师和政府工作人员,直到1983年加入新成立的休斯敦天然气公司,才迎来他人生的转机。作为经济学博士,肯尼斯·雷进入了该公司的管理高层,他在这里找到了自我发展的舞台,并充分发挥了他善于做"大众朋友"的特长,很快就在这一新公司里打开局面。

一年以后,1984年,肯尼斯·雷出任休斯敦天然气公司总经理的要职。当时的能源贸易完全受政府控制,而休斯敦天然气公司的业务是提供管道天然气,属于传统型的能源供应商。这虽然远非肯尼斯·雷追求的事业的顶峰,但对雄心勃勃的他来说,绝对是一个很好的平台,一个美好的起步。很快,他的视线就瞄上了当时世界最大的管道公司之一纳布拉斯卡北英特,并四处游说,为与北英特的合并事宜积极奔走。经过一年的努力,1985年肯尼斯·雷如愿以偿,两家公司成功合并。一个更大更新的公司诞生了,肯尼斯·雷也为自己搭建了一个更宽广的舞台,他坐上了新公司董事长的宝座,一片可以让他大展拳脚的新天地就这样展现在眼前。

陶醉在喜悦之中的肯尼斯·雷,反复欣赏着自己成功的果实,就像刚刚当上父亲,手捧着新生命一样兴奋。他要给他的"新生儿"起个响亮的名字,让全世界都知道自己的"宝贝儿子"。新公司是休斯敦天然气公司与纳布拉斯卡北英特的结合,所以新名字便也由两者结合而成,于是一个响亮的名字——"Enteron"诞生了。

不过,"Enteron"很快便被认为是个不雅的名字,与医学上的专业名词"肠"、"消化道"的拼法完全相同。于是新公司再次更名，便成了后来赫赫有名的"Enron"——安然公司。多年以后，有人说这是一种预兆，名字的反复变化，预示着肯尼斯·雷和他创造的经济帝国将是昙花一现的怪物。

安然公司的诞生，让肯尼斯·雷初尝了弱肉强食的滋味，也使他信心大增。肯尼斯·雷认识到，自己不但能掌控好一家公司，也能在商界运筹帷幄，从进入休斯敦天然气公司经营天然气生意，到与北英特成功合并，创建安然公司，仅仅用了两年的时间，发展速度之快，更是自己始料未及。他看到了自己的价值，看到了自己的能量，也尝到了称霸一方的滋味。但肯尼斯·雷没有在众人的赞扬声中喜形于色，因为他清楚地知道，这只是他创造奇迹的第一步。他并不一味贪图虚名，而是志存高远，决心成就一番事业。

肯尼斯·雷刚刚坐稳休斯敦天然气公司总经理宝座的时候，就深深感到结交权贵对自己事业发展的重要作用，特别像天然气供应这种受到政府控制的生意，更需要上层官员的支持，才能生存和发展。安然公司的平台刚刚搭建完成后，他就开始四处活动，为实现能源贸易自由化而努力。因为肯尼斯·雷清楚地看到，如果不走向市场化贸易，那么天然气行业就不会有很大的前景。他必须打破当时政府控制的局面，使能源贸易完全市场化、自由化。为实现这个目标，首先必须获得政府的批准，逐渐修改当时的限制条款。所以，肯尼斯·雷通过各种渠道，开始设法与政界人物接触。当时还是美国副总统的乔治·布什（George H. W. Bush，老布什）曾经在美国得克萨斯拥有自己的石油产业，作为能源业的同行，肯尼斯·雷顺理成章地与布什的石油基地建立了联系，并由此开始了与布什家族的交往。

老布什参加美国总统竞选，肯尼斯·雷为其参选筹措资金,出力甚多,并且一直是他的忠实支持者。1988年底,老布什在竞选中战胜了民主党候选人麦克·杜卡基斯,成为第41任美国总统。

1989年1月20日,老布什登上美国总统宝座后不久,安然公司就获得了阿根廷管道天然气建设项目的竞投标资格,项目总标的高达3亿美元。据披露的消息,当时的三家竞标公司是意大利的Ente Nazionale Idrocarburi、阿根廷的Perez公司(该公司是美国陶氏公司的合作伙伴)和安然公司。经过几轮形式上的招投标程序以后,项目最终花落安然公司。很多人认为,这是肯尼斯·雷从老布什竞选投资中获得的红利回报。对于肯尼斯·雷来说,这也是他初次品尝到政商联盟的甜头。

美国的著名杂志《琼斯妈妈》在2000年春季报道了阿根廷国家公共事务部长鲁道夫对记者的谈话:布什家族的某位成员曾经打电话给他,说如果把该项目交给安然公司,将有利于促进阿根廷和美国的友好关系。布什总统本人拒绝就此事接受采访。安然公司虽然接到了项目,但最终还是因为天然气的价格问题而选择了放弃,为此阿根廷提出了毁约罚款。双方交涉多次,但一直没有得出妥善的处理方案。事情发生转机,是在老布什访问阿根廷数日后,美国驻阿根廷大使照会阿根廷总统卡洛斯·梅内姆(Carlos Saúl Menem),其中提到:如果不能及时终止相应的贸易摩擦,安然等七大美国公司将撤出在阿根廷的全部投资。为此,阿根廷总统顾及到各方面利益得失,不得不屈服,并接受了美国的要求,免去了对安然公司的毁约罚款。

遗憾的是,老布什的总统之路走得并不顺利,在1992年底的美国总统竞选中,他败在克林顿的手下,未能连任。不过肯尼斯·雷又成了小布什(George Walker Bush)的忠实支持者,为小布什后来竞选州长和总统立下了汗马功劳，小布什亲昵地称他为"肯尼男孩"（Kenny Boy）。

2. 天才易狂

有人说，世上本无天才，人是通过后天的培养和不懈的努力，才创造出伟大的成就，至于那些真正的杰出人物，更需要特殊氛围的熏陶和特定条件的作用，才会产生，即所谓"时势造英雄"是也。这种看法在大多数情况下不无道理，但同样不容否认的一个事实是，人的天赋生来不等，而机遇更无公平可言。路边的野花无论如何培养，都无

杰弗里·斯基林

法长成盛放的牡丹，有些人一生机缘频频，却连一个机会都不能把握。不是每个人都能成为短跑健将，天赋、机会和努力，注定了只有少数人才能成为英雄。

拥有天赋的人，还必须找到适合自己发挥天赋的舞台，比尔·盖茨在计算机领域中叱咤风云，巴菲特在股市中屹立不倒，但如果两人互换行业，则可能又是另一番情形。人的天赋只有找到合适的平台，才能发挥到极致，只有在特定的领域，天才才能成为英雄。

杰弗里·斯基林绝对可以称得上是一个这样的天才。1953

年11月25日，杰弗里·斯基林出生在美国宾夕法尼亚州西南部的匹兹堡，那里是美国的钢铁业中心。斯基林在四个孩子中排行老二，却总想争当老大，甚至拍照排队时，也总爱挤到哥哥的前面，争站第一号位置。聪明过人的他从小就表现出非凡的领导力，成了那群童年玩伴中的孩子王。

斯基林的童年和少年时代是在美国的新泽西州和伊利诺斯州度过的。由于家庭经常搬迁，年幼的斯基林时常需要去适应新的环境以及结交新的朋友。这样丰富多彩的早年生活使他从小便见多识广，敢闯敢干，也给予他很多发展的机遇和空间。1969年，16岁的斯基林就已经是伊利诺斯州奥罗拉市UHF电视台60频道的创始人之一和首席编导及制片人了！该频道虽然只在晚上和周末播出，而且节目全部是黑白的，但面向的却是整个伊利诺斯州，主要转播北伊利诺斯大学的橄榄球赛与"米老鼠和唐老鸭"的卡通片。斯基林是该电视台唯一的中学生业余工作者。他没条件做现场直播，就把比赛录在录影带上作转播。这个电视频道如今仍在运作，已演变为播放西班牙语娱乐节目为主，面向整个芝加哥地区市场。后来当杰弗里·斯基林成为安然公司首席运营官后，该频道的工作人员还都为有这样的创始人而感到骄傲。16岁少年斯基林的成就，就是以现在21世纪这个青少年早熟的时代而论，也属人中翘楚、凤毛麟角。

更难能可贵的是他的平衡和全面。杰弗里·斯基林担任电视节目制片人后，社会活动很多，但他的学习丝毫没有受到影响。中学毕业时，他是奥罗拉市中学600名毕业生中排名第16位的优等生。因为承担电视台的工作，斯基林几乎就是一个全日制工作者，在把节目办得有声有色的同时，还能让自己的学习成绩排在全校前3%以内，确属不易。

1975年，杰弗里·斯基林从南卫理公会大学（Southern Methodist University）毕业。说来也巧，肯尼斯·雷也是该大学的毕业生，比斯基林早了整整10年。两人可谓是师出同门。当时的斯基林正是风华正茂，踌躇满志，读书对于聪明过人的他似乎是那样简单，四年的大学，几乎是玩游戏一般度过。斯基林决心挑战自己，要进最有权威的学府去深造，经过各方面的权衡以后，他选择了去哈佛商学院（Harvard Business School）攻读工商管理硕士（MBA）。

据说，哈佛商学院的天是最蓝的，太阳是最温暖的，月亮也是最大最圆的，因为它离天堂最近。只要你能进哈佛商学院，你再也不用梯子，就可以够着月亮，摘得满天的星星。杰弗里·斯基林在一众考生中如同鹤立鸡群般引人注目，当与导师面对面进行入学面试时，对于导师的所有提问，他都能敏锐地抓住要点，回答时胸有成竹、出口成章。几个回合下来，斯基林的感觉越来越好，几乎得意到了忘乎所以的状态，当他听到"你有多聪明"这道题目时，甚至狂妄而粗俗地叫嚣道："我真是×××聪明！"（"I'm fucking smart!"）导师们闻听此言，一时竟都目瞪口呆。

虽然斯基林的狂妄令人不满，但导师毕竟识才爱才，一眼便认定他是能成就一番大业之人，还是把他招入了哈佛商学院工商管理硕士MBA班，让他成了伟大企业家摇篮中的一员。斯基林的狂妄的确也并非全然凭空而来，在就读MBA的两年里，他的成绩优异，名列哈佛商学院工商管理硕士MBA毕业班排名前5%的最优秀学生中。哈佛商学院的工商管理硕士MBA原本就是全世界MBA的金字塔之尖，斯基林又是这尖子中的尖子。当他昂首挺胸地走出世界最高学府哈佛的大门，通向世界之巅的金光大道仿佛已在他的脚下。

走出象牙塔的斯基林绝非高分低能的书呆子，他的实践能力甚至比他读书的本事更高一筹，他对自己的天赋很了解，此刻他所要做的，就是为自己的天赋寻找一个最合适的平台。凭着哈佛商学院MBA高材生的招牌，斯基林很顺利地就进入了多少人梦寐以求的世界顶级咨询公司——麦肯锡（McKinsey & Company），成为一名能源和化学方面的咨询顾问。由于他聪明过人，工作又努力，很快便脱颖而出，并且就被提升为麦肯锡的合伙人——麦肯锡有史以来最年轻的合伙人！

众所周知，麦肯锡公司是一个高智商人群汇聚的圈子，硕士、博士多如过江之鲫，甚至诺贝尔奖获得者也不一定在这里吃得开。斯基林是这群人中最优秀的一个，被称为是"点子之王"，他的存在，充分诠释了什么叫做高分全能的天才！但他的成功也使自己的个人野心迅速膨胀，也许，他在内心深处正暗暗呐喊：我比任何人都优秀！我无所不能！我要创造一个世界的经济帝国！

有人总是羡慕别人的命好，总是看着别人一次次地遇到好的机会。其实上天从不偏爱什么人，但机遇却只属于不断努力的人。一个人的成功必须具有两个条件，一是自己不断地努力，积累自己的知识和能力；二是孜孜不倦地寻找机会，并且当机会来临时，果断地做出决定。简言之，光有努力没有机会不行，只有机会自己不努力也不行。只有当机遇降临在努力的人身上，才会有成功的可能。

杰弗里·斯基林在麦肯锡虽然已经取得了不小的成功，一年的收入超过百万美元，咨询顾问的身份既体面又受人尊敬，在一般人看来，人生如此，夫复何求！但对斯基林来说，这些就如同鸡肋一样嚼之无味，弃之可惜。他觉得自己可以为这么多大公司的董事长总裁出谋划策，指点迷津，为什么就不能自己去经营一个世界顶级的商业王国呢？当然，这将是一个艰难的选择，轻易离开麦肯锡而另起炉灶，机会成本非常高昂，但这样的想法却在斯基林的心底始终挥之难去，他的人还在麦肯锡，眼光却从未放弃寻找可能让自己发挥才干的舞台。

在麦肯锡，斯基林以"点子王"的美誉接过了安然公司的委托合同，为安然公司提供咨询服务。极富亲和力的安然公司董事长肯尼斯·雷和斯基林一见如故。或许是因为同样出于南卫理公会大学门下，两人在很多方面都有共同语言和理念。对于肯尼斯·雷推动政府开放能源和电力市场的努力，斯基林毫不吝惜地给予了他很多帮助。

杰弗里·斯基林见到肯尼斯·雷的这一刻，他仿佛听到了命运召唤自己的声音。

3. 瓦尔哈拉（Valhalla）丑闻

每个成功的企业，都会鼓吹自己的企业文化，但实际上，很多时候左右企业命运的，并非什么故作高深的文化，而只是企业领头人的决策和行为，他平时对员工处理各项业务和行政事务的要求，久而久之便被归纳为企业的文化。对于这些举足轻重的人物来说，如何以合适的方式任用员工，就是他们首先要考虑的问题，一个用人的失误，很可能为企业带来无法预料的灾祸。

安然公司成立初期，董事长肯尼斯·雷忙于经营他的政商联盟，频频出席各项社会活动，为说服政府放开能源市场，实现能源贸易自由化而四处奔走。对企业的经营，他只关心销售和盈利状况，至于内部的管理方面，则不无松懈。这当然不难理解，企业成立初期，以生存为第一要务，所以把盈利放在首要地位，本也无可厚非。

当时，安然在纽约的瓦尔哈拉分公司主要进行石油交易，以石油价格的涨跌作赌注，进行买卖，赚取差价。有两名为安然纽约瓦尔哈拉分公司操盘的石油交易员，业绩一直很好，只赢不输！这种情况曾引起安然公司总部的交易主管麦克·穆科罗依（Mike Muckleroy）的怀疑，因为石油交易比股票交易风险更大，输输赢赢皆属正常，而只赢不输却几乎不可能，况且这两人经手的交易，利润还特别巨大。就连肯尼斯·雷本人也曾起过疑心，感觉其中或有蹊跷。但出于眼前利益的考虑，安然总部并没有对纽约分公司做过多干涉，而是继续听任他们独立操作。

然而，1987年1月，有人匿名举报纽约分公司总经理路易斯·博盖特（Louis Borget）从公司账户中转出300万美元到自己个人的海外账户。肯尼斯·雷接获举报后，就派人前往调查处理，当年4月，他和安然公司董事会收到了调查报告。报告显示，纽约分公司长期通过两名交易员中饱私囊，而这两名交易员在操盘中，大手笔的豪赌已大大超越他们的权限。只是由于侥幸，他们的交易到目前为止还是赢多输少，有惊无险。虽然也有亏损，但总体还是盈利丰厚，虚假的账面抹去了亏损，显示出只赢不输的状况。

面对这样的事件，肯尼斯·雷和当时代表麦肯锡公司出任安然顾问的杰弗里·斯基林的观点和处理意见完全一致。他们不想杀了这个赚钱的黑天鹅，只要它能继续为自己生产金蛋。因此他们采取的做法是大事化小，仅对当事人作了口头警告。这种事实上纵容违规行为的处理，使得纽约瓦尔哈拉分公司更加有恃无恐了。结果同年10月，两名交易员的狂赌终于失手，使安然公司蒙受了10亿美元的损失。以此为契机，安然纽约瓦尔哈拉分公司的内幕被揭开了，这一被称作为"瓦尔哈拉丑闻"的事件，震惊了当时整个华尔街，差点导致稚嫩的安然公司倒闭。肯尼斯·雷和杰弗里·斯基林密谋，派出麦克·穆科罗依前往处理，蒙混过关，让安然从破产的边缘捡回了一条性命。

在后来的调查中还发现，纽约瓦尔哈拉分公司的斑斑劣迹中，有一次侵吞了公司10多万美元，在他们捏造的转账户头里，甚至有一个叫"MR. My ass"（中文即是"我的屁股"），而给银行的转账凭证上写的是"MR. M.yass"。提款时，付款行向公司开户银行核实收款人身份，以为仅仅是打字时将空格打错了一位，因此就支付了该款。但安然公司的账上，这个神秘的"MR. M. yass"究竟是谁就不得而知了。

当年为安然公司做审计工作的是哪家会计师事务所已无法查知，但他们难道真的无法查知安然公司纽约瓦尔哈拉分公司所做的假账吗？期货交易的对账单每月都清楚地记载了交易的全过程，守夜人何以对此视若无睹呢？

肯尼斯·雷在经营安然公司的过程中，越来越认识到政商联盟的重要性，也越来越对此道入迷。他发现自己更适合于社交和政治活动，善于以企业家的身份周旋于各类政要首脑之间。至于安然公司的管理，一位开拓型的经营性人才，已经是迫在眉睫的需要。肯尼斯·雷决意自己退出公司繁琐的日常经营，以便全身心地进入公共事务之中。他开始四处寻找他的经理人，在他看来，他和这位新经理人的组合，必能让安然公司逐步成为世界顶级的大公司。

俗话说，"踏破铁鞋无觅处，得来全不费工夫。"1987年安然正式聘请麦肯锡为其提供企业咨询顾问，肯尼斯·雷因此偶然地认识了杰弗里·斯基林，经过多次的交往和接触，肯尼斯·雷越来越觉得斯基林就是自己要寻找的最合适的经理人人选。而经历过"瓦尔哈拉丑闻"事件，肯尼斯·雷越发迫切地感到需要一位专业的经理人来帮助自己打点公司，时刻监管公司内部的各项商业活动，防止此类事件再次发生。只有这样，他才可以完全放心地在外与政要打交道，施展他长袖善舞的本领，为安然的战略发展铺平道路。

在肯尼斯·雷看来，麦肯锡公司的社会形象良好，代表了业内最高的专业水平，而且咨询师的人品高尚，值得信赖。来自麦肯锡的合伙人杰弗里·斯基林更是可靠之人。至于在杰弗里·斯基林的眼中，安然的能源商业平台正是自己心仪已久的发展舞台，可以让自己一展才华，有朝一日成为世界能源市场的统治者。于是，当肯尼斯·雷向杰弗里·斯基林发出聘约时，两人一拍即合。到1990年6月，杰弗里·斯基林这个麦肯锡有史以来最年轻的合伙人离开了麦肯锡公司，正式开始了他创造安然公司神话帝国的历程！

二、帝国之路

在这一章，我们将顺着天才经营家杰弗里·斯基林成功而冒险的经历，进一步观察美国经济与金融的核心内幕。

安然在强大的政商联盟的支持下，最终达到了实现美国能源市场化的目的。斯基林招兵买马，用种种别出心裁的管理和激励

安然公司标志

制度,培养了一批敢于冒险牺牲、富有创新精神的年轻骨干。

斯基林发明了天然气银行,争取到了以市场公允价值逐日结算法(mark to market)的财务记账原则,创建了安然在线和宽频业务,大胆提出"企业虚拟资财",将一个年营业额153亿美元的公司,发展成为年营业额达到1100多亿美元的航母级企业,在世界500强里,名列第七;从1996年起,安然连续六年被《财富》杂志评选为全球最具创新力的企业;2000年荣获英国《金融时报》颁发的"年度能源公司奖"和"投资决策成功奖";公司财务总监被评为全美国最佳CFO;安然公司成为美国人最向往的就业单位;公司的股票价格从几美元达到了每股84.88美元,五年内股东回报率达到了507%;在全球范围内,拥有分支机构和关联企业3 500多家。

斯基林充分了解财务对企业发展的重要作用,他对为安然公司做审计和咨询的安达信会计师事务所特别感兴趣,始终与安达信的上层人物保持着密切的联络,并盯着每一位可能被利用的安达信的会计师。安然公司先后从安达信挖来了100多名会计师,为自己服务,甚至斯基林自己的情人也曾经是安达信的审计师。

1. 推动美国能源贸易市场化

众所周知,美国是一个多党制国家,还有参议院和众议院,各个政治利益团体之间的明争暗斗夹杂在复杂而琐细的法律程序中,任何政策的制定与更改,都并非易事。但肯尼斯·雷和杰弗里·斯基林坚信自己的目标,一直在为实现能源贸易市场化而不懈地努力。

挥了巨大的能量。安然帝国的崛起，离开他们两人的合作，肯定寸步难行。

2. 团队核心——创新力

要成就一番事业，没有一个强大的团队是不可能的，有了团队，没有团队的核心力量，那也将是一盘散沙。俗话说"一个好汉三个帮"，没有左右手的支持，再好的理念，也不可能变成丰硕的成果。

杰弗里·斯基林加入安然公司时，担任的是安然财务公司（Enron Finance Corp.）的董事会主席和首席执行官（Chairman，〔C〕O）。斯基林是个光芒四射的能人，一进入安然，就显示出他超〔凡的〕经营理念和非凡的统治能力。首先，他提出了加快能源贸易〔自由〕化进程，并为自由化到来时做好自身能量积累！为此，安然公〔司内部〕也必须强强联手，他大胆提出让安然财务公司和安然天然〔气公司〕进行合并。不到一年时间，斯基林就在安然集团公司内部〔进行了〕兼并。通过兼并，他把当时安然集团内最主要的盈利机〔构安然天〕然气营销公司（Enron Gas Marketing）收入自己囊中，并〔给合〕并后的安然天然气服务公司（Enron Gas Service Corp.）〔让出了宝〕座。

〔肯尼斯·〕雷庆幸自己寻觅到了真正的能人，为嘉奖斯基林，〔他委〕任命他为安然资产和资源交易公司（Enron Capital〔and Res〕ources）的CEO和执行董事，这是安然能源贸易和〔Enro〕n Energy trader and Marketing）的子公司，是为能〔源贸易特〕别设立的专业公司。这次合并成功，不仅确立了

阿根廷管道天然气建设项目没有成功，肯尼斯·雷依然保持着平常心，继续与布什家族保持着良好的关系。他坚信政商联盟的力量。

八大工业国经济峰会于1990年在休斯敦举行，布什总统借此机会报答了他忠实的支持者，肯尼斯·雷被任命为八大工业国经济峰会的联席会议主席。这给肯尼斯·雷带来了莫大的荣耀，并让世人充分了解了他和安然公司在美国总统心中的地位，为安然公司日后在世界范围内扩张，成为世界能源业骄子铺平了道路。

撤消政府对能源市场的限制是安然的核心策略之一。聪明的肯尼斯·雷很能领悟总统的用意，他当然不会轻易放过这一特殊的机会。凭借布什总统的支持与八大工业国经济峰会联席会议主席的身份，他可以在会上发出撤消各国政府对能源市场的限制的提议，要求开放能源市场，让私人交易商充分自由竞争。他的提议受到了八大工业国与会代表的重视。同时，峰会上的各国代表的声音，也反过来为扫除美国国内反对派的阻力起到了不小的作用。

自从杰弗里·斯基林加盟安然公司以后，肯尼斯·雷逐渐把活动重心移到了经营政商联盟，将自己投入到大量的社会活动中去。为了使公司可以获得更多的政治支持，他先后加入了美国联邦能源委员会和得州公共事业委员会等各项公共机构。

由于肯尼斯·雷积极参与政治活动和社会活动，他在共和党中的地位也越来越高，1992年，美国共和党全国代表大会在休斯敦举行，肯尼斯·雷竟然成为该届美国共和党代表大会的组委会主席。同年年底，老布什在美国总统竞选中落败，把美国总统的宝座让位于比尔·克林顿（Bill Clinton）。当时有报道说，老布什败选的重要原因之一，是因为当时安然公司聘用了布什总统的国务卿詹姆斯·贝克（James Baker）和经济秘书罗伯特·莫斯巴赫

（Robert Mosbacher）为安然公司的顾问，公众开始质疑布什总统的政治独立性和政策公平性。

在安然公司逐渐发展的同时，肯尼斯·雷也开始积极四处游说，要求国会开放能源市场，因为只有当能源和电力脱离政府的控制时，安然公司才可能在世界经济舞台上独树一帜，成为真正的跨国公司。同时肯尼斯·雷也意识到，为了大规模扩张，他还必须有配套的手段。一旦国会通过了开放能源市场的议案，如何才能在国际市场上先发制人，创造财富？这不是靠游说能吹起来的，仅仅依靠政治背景也是不够的。

杰弗里·斯基林加入了安然公司以后，肯尼斯·雷起初并没有完全放手，并没有一下子就将安然公司全盘交给斯基林管理，肯尼斯·雷长期担任安然集团公司的董事长兼CEO。直到2001年斯基林才出任安然公司CEO。不过，事实上，斯基林早已是安然公司真正的首席执行官了，而肯尼斯·雷主要是活跃在政界，实现他政商联盟的计划，为打造世界第一大经济帝国，扫清政治上的障碍。这是两种天才，各有各的天赋。当政治野心家和经济野心家结合在一起时，将会诞生一个什么样的结晶体？谁都无法预料。

杰弗里·斯基林确实是一个有着巨大能量的经理人。经过麦肯锡公司多年的熏陶，他越发成熟。肯尼斯·雷欣喜地迎接了斯基林的加盟，毕竟是校友，面对比自己小十一岁的学弟，肯尼斯·雷感到格外亲切。他们从咨询师和雇主的关系，一下子变成了员工和老板的关系，每天同在一个办公大楼里进出，对日常事务的处理，大家又有共同的理念。虽然斯基林生性狂妄自大，但他对赏识自己的学长倒还是相当尊重，毕竟是学长一手创造了安然公司。自己的能量再大，但永远大不过学长的创造力。没有他，就没有安然公司，也没有自己今天的机会。

斯基林也很快明白，学长的政治背景是通天的，他背后好像有一个无形的黑洞，充满可怕能量的黑洞，并且神龙见首不见尾，让任何人都会感到恐惧。很多与政府之间的沟通，往往只有肯尼斯·雷出马才行。这也许也是斯基林在学长面前狂妄不起来的原因。

不管怎样，两位天才的合作出奇地默契。也许是同门的原因，两人的思维方式是如此地接近。这就把两人的□子拉近了。经过多次密谈后，斯基林敏捷的思维方式□子，丰富的创造力，让肯尼斯·雷眼睛一亮，自己四□不就在眼前吗？更重要的是他们具有相同的志向□市场，打造世界第一经济帝国！

肯尼斯·雷与杰弗里·斯基林有了很□斯·雷也是个敢于大胆使用人才的人，他□进行公司改组，对斯基林提出的任何方□实施。只要基本方针正确，就算有这□也一概视若无睹，只是在一旁默默□基林带去任何干扰，也不想让他□否则斯基林的能量就无法充分□

这是真正的统帅才会有□大胆地松手放权。这也是□老板所没有的胸怀。□也要坚持，至少是在□护自己的威信，使□以，在这样的老板□行思考，更谈不上富有创□

因为肯尼斯·雷独特的领导□

杰弗里·斯基林在安然集团公司的显赫地位，同时更重要的是让他尝到了兼并的甜头，在他日后在世界范围内展开大规模兼并其他公司的道路上，这次内部兼并只是小试牛刀。

1990年代正是世界网络科技兴起的时候，当时任何与网络有关的项目就很容易获得投资银行的青睐。一个概念，一个团队，马上就可以上市，而且很容易被恶炒到离谱的价位。杰弗里·斯基林当然不会错失这样的机会，他喜欢在新潮流的浪尖上表演自己弄潮儿的技能！他喜欢听到世界的喝彩声，陶醉在全世界惊讶和仰慕自己的目光之中。

安然在线（Enron Online）就是在1998年这样的背景下产生的。这是世界上最早的网上交易平台之一，发展十分迅猛，到1999年11月，安然在线已经成为当时世界上最大的电子商务平台。全世界的能源交易都纳入了安然在线。虽然现在我们已经有了亚马逊、e-bay、阿里巴巴等商业网站，我们可以在各证券公司或期货网站上买卖交易任何金融产品。但在1990年代，人们刚刚接触互联网，对其认识尚处初级阶段的时候，杰弗里·斯基林就已经创立了安然在线，我们不能不为他喝彩。他确实是一个杰出的创新者，难怪《财富》杂志（Fortune）连续六年都将安然公司评为世界最具创新能力的公司。

是安然公司，是肯尼斯·雷给了斯基林一个舞台，让他有了施展自己才华的空间，也是安然公司的时势让斯基林成了一代商业奇才！当然没有斯基林，也绝不可能有安然公司的辉煌。

有了安然在线，安然公司的能源交易量立刻迅猛增长。电子交易平台将原来的石油、天然气的商品贸易，变成了期货合约交易，变成了金融产品的交易。原来几个月才能做成的贸易生意，在几天内就完成了。大量的现金流由此产生，当然安然的效益也随之而增长。

巨额利润的交易,使安然的交易员眼球炯炯有神,闪闪发亮地瞪着屏幕,个个都像在战场上肉搏厮杀红了眼的勇士。对斯基林来说,他可以在自己的网络平台上直接看到全世界的能源交易。这让他觉得自己办公室的椅子,就像放在世界能源王国之上的宝座一样。他居高临下,像国王般俯视着统治的领地。这一创举,甚至让他的能源贸易突破了行业局限,突破了国界限制。

安然公司的奇迹当然让董事长肯尼斯·雷甚感荣幸,他可以有更多的资本在政界要人中炫耀。安然在线的路演非常地成功,为显示安然公司与政府的关系,肯尼斯·雷在路演当天的大会上,还特别安排了一个节目,就是为当时红极一时的美联储主席亚伦·格林斯潘(Alan Greenspan)颁发特别奖项的程序。

在颁奖过程中,肯尼斯·雷直呼格林斯潘的名字:"亚伦,对于你的杰出贡献,我们向你表示诚挚的感谢。"肯尼斯·雷在会上向世人说,安然公司的成功证明,安然公司比谁都聪明,我们将以每年10%—15%的增长速度,一飞冲天!安然公司还将安然的股票广告画贴在电梯里,让每一个安然公司员工都为之骄傲,天天看到自己公司的股票上涨,这是安然公司员工最大的收入,远远超过了自己的工资。所以,渐渐地大家都把自己的养老金全部变成了安然公司的股票。

安然公司真是一年一个样,年年有大手笔新项目。为了进一步稳固安然公司的能源霸主地位,斯基林又向电力行业进军,先是吞下了德州电厂;1999年,又将波特兰电厂(Portland General Electric Company)收入囊中,使安然公司在能源行业内更具有特殊产业地位。这样,安然的商业领域不再仅仅局限在石油和天然气之中,而成为美国最大的能源批发商和零售商的霸主。这也为安然大规模地进入美国西海岸地区和美国最重要的经济中心加州地区奠定了基础。

杰弗里 · 斯基林的创新能力也确实是令人佩服的。他和他的高智商团队,不断地创造出新的构想,用预期利润使市场上的投资者们浮想联翩,从而维护安然公司股票价格的节节攀升。

2000年1月19日,斯基林又推出了宽频业务,并实施了铺设光纤电缆。他要搭建宽频期货市场的电子平台,需要使用宽频的人,就可以在网上购买。当然随用户需求量的多少,来定宽频使用价格的高低。当时,安然公司还和北美最大的电影电视服务公司伯劳克巴士特(Blockbuster)签订了合作意向书,伯劳克巴士特将成为安然公司最大的用户,将向用户提供随时可以按需定制的视频服务,让大家提前进入了宽频世界。这一新闻的发布,真是让整个华尔街都震惊了。新闻发布会还没结束,与会代表和新闻记者都争先恐后地跑到场外,急忙向各自的老板拨出紧急电话,推荐安然公司的宽频业务,坚决买进安然公司的股票。

那真是段疯狂的日子,众多投资银行立即大量买进安然公司的股票,并通知自己公司的重要客户也买。谁也没有想到,当天安然公司的股票价就从47.03美元涨到了53.37美元,足足涨了13.5%,而第二天又飙升到67.25美元,涨了26%,如果按1月18日收盘价计算,仅仅两天时间,安然公司的股票价格就上涨了34%。事实上,宽频业务当时还有很多技术问题没解决,但安然公司宽频的预期利润,已经在其股价上体现了。负责宽频业务的肯 · 莱斯(Ken Rice)也从宽频业务中一举获得5300万美元的利益。

3. 大男人文化——冒险型

当今社会人人都在说人才的重要性，大大小小的老板们都在寻找人才，也都在感叹人才难找。什么样的人才是真正的人才呢？他们到处寻觅人才，也愿意为能人出高薪，他们往往在面试的时候，对应聘者经常询问：怎样才能给我们企业带来发展的机遇，怎样才能使我们企业的盈利翻番？

其实很多老板都进入了一个实用主义的误区，以为只要找到一个能人就可以马上把钱赚回来。其实人才并不是造钱机器，搬过来往总经理办公室一放就可以为你造币了。

要真正找准人才，关键是看他有没有创造力。他也许对你的行业一点都不了解，但如果他是个思维敏锐、具有创造力的人，给予他一定的自由发挥的舞台，让他去充分施展自己的才华，那么，这个新来者才可能在你的治理下，创造出适合于该企业发展的方案来。对于高级管理人员，最重要的是看他的个性和老板是否适合，双方的思维方式是否一致，价值观念和运作方法是否符合老板的理念。我们不能想象，一个总经理和董事长在各方面格格不入，却可以把公司搞好！这也是"时势造英雄"的含义之一。

同样，人才绝不可能在他自己家里突发奇想，就为企业的发展提供出好的方案。如果真能做到这样的话，不是该方案太简单，就是老板太傻。

肯尼斯·雷与杰弗里·斯基林的合作是一个典型的成功案例，肯尼斯·雷赏识斯基林并给予他充分自由发挥的天地，才使斯基林在安然公司这一特定的环境中，充分发挥了他的创造性思维,不断地为安然提供了一个又一个的金点子。杰弗里·斯基林绝不可能在加入安然公司之前就把所有的方案都想好。应该说也是安然公司造就了斯基林,让他成为世界能源巨头的领军人物!

企业需要人才,人也只有在适合于他的企业中才能真正创造财富,才能成为精英。如果某支NBA球队聘请泰森去打篮球,那么泰森会被埋没,该球队也肯定拿不到冠军,结果只能是两败俱伤。肯尼斯·雷和斯基林都充分认识到这一点,所以就更加注重对重要员工的招募和培养。注重团队的发展和培养,很多商业计划是在一群智囊的探讨中逐渐形成的。所以他们很重视中午一起午餐或下午喝咖啡碰头会。哪怕在一起说些浑话,开些带荤的玩笑都无所谓,关键是创造一个自由放松的宽松氛围。有些思路就是在不经意的玩笑中产生的。就像牛顿自由落体定律是苹果掉下时受到的启发,浮体力学是阿基米得洗澡时产生的灵感一样。

商业模式和金融运作同样需要特殊灵感的激活,在过分拘谨严肃的氛围中,难以产生活跃的新思路。据说,黄色玩笑是最快放松的特效药,当你碰到头痛的事情而唉声叹气时,有人突然冒出句黄色笑话,你也就会不由自主地付之一笑,放松了下来。当然,还要看场合,如果在首脑会议上突然冒出黄色玩笑,那必定会使所有在场的人目瞪口呆,不知道会谈将如何进行下去了。

能人的招募,确实让安然走了一段上升的道路,安然的业绩在稳步发展。部分地区的能源市场也开始打开,政府的控制在逐渐松动,斯基林极具想象力和创造力地提出创建天然气银行(Gas Bank)。这样一来,安然公司就可以在全美国各地把零星多余的天然气通过安然公司的管道网络集中吸收进来,再传输到其他地方。这一创举,是安然公司业务转型的第一步。天然气银行的建立,为今后的天然气期货交易打下了基础,将传统的管道天然气交易商品变成了金融衍生品。

安然公司也从传统的经济实体转型了，转向含有金融期货交易的多元化发展的集团公司，这不仅让世界刮目相看，也让全体安然人为之振奋！这确实是一个独具匠心的一步妙着，也是杰弗里·斯基林找到的一条迅速发展的捷径，可以使安然公司的利润成倍增长。到底是一倍、两倍、五倍还是十倍，谁也没法预料，但斯基林却清楚地知道，一场惊心动魄的搏杀即将拉开序幕！他担心的是他的干将们有没有这样的魄力和他一起到世界金融市场去搏击！他们的胆略，他们的毅力如何？他深深地感到，没有经历过风浪的人，当台风或海啸来临时会颤抖和吓晕的，甚至会失去正常人的应对能力，他必须带领这批人去经历生死考验！让他们成为无所畏惧的勇士！

杰弗里·斯基林一直将他自己20岁时的豪赌，视为自己人生的一种资本，他曾疯狂地进出各地赌场，享受过一进赌场头注就一把暴赢的狂喜，也经历过输光身上最后一分钱的痛楚。最让他难忘的，还是他用最后一元钱绝地反击，赢回了当天已经输掉的本钱。他在输赢天地间飘浮，品尝过"天堂"和"地狱"的双重滋味。这种经历也养成了他在任何时候都不轻易言败的牛脾气。在他身上几乎看不到绝望。

斯基林为了在安然公司中寻找和培养符合他期望的人才，创建了安然探险旅行。每一个参加者都立下了意外自负的保证函。当然，这种旅行并不是一般的员工都能随意加入，他们必须是安然公司重要客户中的重要人物、重要朋友和安然公司的核心骨干，经过斯基林的亲自挑选，才有资格参加，犹如进入西点军校一般严格！

安然探险旅行每一两年不定期举行一次荒野探险活动。杰弗里·斯基林的得力干将、将来成为安然首席财务官的安德鲁·法斯托和业务高手肯·莱斯都是他在探险活动中看中,并一手带出来的。当年在一次墨西哥境内的越野冒险旅途中,浩浩荡荡的越野车队出发了,踏上了一条1200英里的崎岖道路,据说很多人进去了就再也没有出来过,前面是什么,他们谁都不知道,但他们相信杰弗里·斯基林,相信他所向披靡、化险为夷的能力。冒险队员的心里虽然忐忑不安,但在对讲机里大家都相互鼓励,没问题,年轻人都有很健壮的身体,有时还都相互调侃:杰弗里·斯基林能过去,你还过不去吗?

冒险车队前行不久,刚刚还是晴空万里、蓝天白云的天气,一下子变了脸,阳光被乌云笼罩,刹那间,暴风雨还夹杂着冰雹,打在车顶和挡风玻璃上,发出叮叮咚咚的声响。这突如其来的恶劣天气,让冒险队员措手不及。一道道强光灯打在地面,却看不到路面,眼前只有坑坑洼洼的山路。突然间,从对讲机里传来了尖厉的叫声,原来前面开道车的一个轮子已经悬空。这时他们才发现,车队已经进入了一个峡谷,一边是陡峭的悬崖绝壁,下面什么也看不到,驾驶员吓得浑身冒汗,他已经动弹不得,只有机械地把自己的身子往后靠,呼吸都减低了频率,嘴里连呼救的声音也是那么微弱。说时迟,那时快,后面车队的队员,立即冒着暴雨和冰雹,迅速下车,取出牵引绳,连接了两辆越野车,后面的车子一点点倒退,才把一半悬在悬崖峭壁外的开道车连人带车拖了回来。

从死亡边缘回过神来的冒险队员,吓得连裤子都尿湿了,这是人在绝境中下意识的本能反应。他摇摇晃晃地下了车,紧紧地抱着浑身上下湿透的恩人,是感激还是像孩子希望获得保护?他暂时不敢开车了。大家出了一身冷汗,但由于紧张没人感到冷。这一历险,没有吓倒大家,大家没有过多的交谈,略作休整,喝点吃点,换掉淋湿的衣服,就都又各就各位了。当杰弗里·斯基林通过对讲机,询问大家还有谁敢和他一起继续前进时,所有的人都发出了一个声音:"我!"虽然这声音并不像电影里英雄们冲锋陷阵前的豪言壮语那么嘹亮,但也足以给杰弗里·斯基林莫大的安慰,这就是他自己的团队!

冒险队没有停止前进的车轮,在几乎是伸手不见五指的黑暗里,维持着每小时20公里的车速在崎岖道路上前进,继续着他们的探险旅程。最后,完成这1200英里探险旅程回来时,肯·莱斯在事故中撕裂了嘴唇,缝了好几针。这次冒险真是惊心动魄,人仰马翻,吉普车翻倒,有的越野车报废了,有人骨折了,差点造成伤亡事故,体验了死神召唤的感觉,亲尝了屁滚尿流的滋味。回来后,虽然每个参与者都有点后怕,但这次生死经历让他们得到了锻炼,增强了他们的胆略。

俗话说,人都死过一回了,还有什么可怕的呢?这次冒险使所有参与者有了更多共同的回忆和谈论的话题,使这批安然公司的核心人物更紧密地抱成一团了。在别人眼里,这是安然公司的传奇,是年轻人的骄傲,如果有朝一日自己也能有这样的机会去探险,那该多么刺激、多么爽呀!而事实上,杰弗里·斯基林在安然公司刻意营造这样一种大男子主义的文化,宣扬冒险就是荣耀的精神,也是他的核心管理理念之一。通过这些活动,确实锻炼了一批年轻人的胆识和毅力!他们有什么事情不敢想,有什么事情不敢做!

当然,这种天不怕地不怕的精神在正确的引导下,将会给社会带来无穷的能量!但同样,如果它一旦被引入歧途,对社会的危害也非常可怕!

不管今后的发展如何,眼下,斯基林为树立自己的威望,建立了一个空中楼阁，这个空中楼阁只有安然公司内部极少部分人才能进入，而他则是这空中楼阁中的霸主。他的核心团队成员，也已经形成。

4. 绩效考核淘汰制

管理是一门艺术，好的管理制度可以出效益，出人才，出创新思路。其奥秘在于，有效的管理制度，确实是调动员工积极性的法宝。在斯基林看来，训练狗的基本方法是奖励，做对了给肉吃。从这点上分析，人的本性与狗的区别不大，因此，奖勤罚懒是他基本的管理原则。

斯基林坐上安然公司重要位子后，他意识到要发展他的事业，人是最关键的。受到老东家麦肯锡思想的影响，他决意要网罗世界一流的精英，如此才能打造世界顶级公司的辉煌，人才也是让世界相信他所创造的一切奇迹都是可信、可行的基础，因为他拥有世界级的精英。这是征服人心的王牌。

斯基林不愧是一个天才创造者，他创立了绩效考核制度（PRC制度），这是一个优胜劣汰，重奖有功人才，淘汰绩差人员的系统。他首先成立了绩效考评委员会，每年对每一员工进行考核。考核将员工分成五个等级，至少10%的人将因为被评为第五等而遭到解雇。也有貌似公平的申诉制度，任何员工对考评不满意，都可以直接找他或肯尼斯·雷反映，要求重审。通常每年将有15%的员工因没能通过考评而被辞退！同时也必将有杰出优秀人才获奖领走上百万美元的奖金。

他坚信一个好的金点子就是金钱。如果你不及时采用，那么就会被你的竞争对手拿去。那时,你用成倍的价钱,都不可能获得了。所以他在支付奖金上历来毫不吝啬。曾经有一名年仅25岁的员工,被评为绩效超优而当场获奖500万美元,使公司内外全为之惊叹。

杰弗里·斯基林发放奖金历来大手大脚,2000年,在安然公司的利润表上显示的公司年利润为9.75亿美元,而当年的奖金就发掉了整整7亿美元!奖金占到了公司全年利润的70%以上。俗话说,天下乌鸦一般黑,有那家老板会如此慷慨解囊?但在安然,除了被辞退的员工外,全体员工却都欢呼雀跃:杰弗里·斯基林万岁!在他们眼睛里,安然公司的乌鸦是白的!

斯基林还有一条不成文的古怪的规定,即每一位获奖者必须购买保时捷汽车!他用这个办法做广告,打响安然公司的名声,让全美国人都知道安然公司的辉煌!这一张扬的招数还真的震动了全美国。一时间,全美国的精英们都纷纷投奔安然公司,安然成了美国人最向往的任职公司!

杰弗里·斯基林最喜欢《自私基因》这本书,书中主张贪婪和竞争推动人类进化。他把这一思想用到了安然公司内部的竞争机制中,其实是很厉害的一着。所有的员工都在残酷的压力下竞争,好像在肉搏的决斗场上一样,不战胜对方就是自己出局!在这样的机制和氛围中,人性中黑暗的一面被充分地挖掘出来,人人向钱看,个个眼睛发红,员工们为能自己获奖,甚至会不择手段地去排挤同事,而确保自己留下来获得奖金。

市场经济最重要的法则是效益第一。如果丢弃这一法则,也就没有了市场经济的魔力。然而,当这一法则被用到极端,其魔力无限发挥的同时,魔鬼的血盆大口也必然恐怖地张开了。有位安然公司的员工曾对记者说:如果自己发现"干掉"某人可以使自己多得奖金，那我绝对会"干掉"他！当为奖金而奋斗到眼红时，任何可以创造利润的方法都可能被"创造"出来！有史以来，世界上最高的利润，都是用最黑的手段攫取的。当前世界性的金融危机的源头，大约正在此处。杰弗里·斯基林们辉煌的冒险之旅，正是在为世界的危机积聚能量。

安然公司集聚了社会的精英，他们个个都极具创造能力，在这样的激励机制下，新方法、新思维层出不穷。从1996年开始，安然公司连续六年被美国《财富》杂志评为全美国最具创新能力的公司。2000年还荣获了英国《金融时报》的"年度能源公司奖"和"最大胆的投资决策成功奖"。一大批能人志士被杰弗里·斯基林招募到自己的麾下，其幕僚中最主要的得力干将有：

安德鲁·法斯托（Andrew Fastow），30岁不到就被任命为首席财务官CFO，还曾经被评为全美国最佳CFO，他的超级能量使90多家世界投资银行投钱到他组建的LJM基金，他的表外记账法，巧妙地将安然公司的负债记到了LJM基金。当然也正是LJM基金的问题，是使安然公司这个能源王国倒塌的主因之一。

马克斯·艾伯特（Max Eberts），杰弗里·斯基林最贴心的干将之一，最初协助斯基林创建能源自由交易，后又负责安然能源服务公司，将能源销售给终端客户。他被斯基林称作为"洲际导弹"，也是个高级"冷面杀手"。

肯·莱斯（Ken Rice），宽频事业负责人，业务高手，非常风趣，人缘很好，负责与能源公司打交道。

杰弗里·斯基林很喜欢带刺的人，像克里夫·贝斯特（Cliff Baxter）就是典型的人物之一。他是做生意的天才，负责所有的交易，由于聪明过人，成绩显著，所以自负无比，想到什么就说什么，常常会使人下不了台。他和斯基林的私交很好，仗势欺人，独霸一方。

提姆·贝登(Tim Belden),西海岸电力交易主管,是操控着加州电力交易的总负责人,也是1999年5月到2000年底期间发生的震惊全美国的加州电力事件的幕后黑手。

5. 全球性扩张发展

内部激励机制的创设,精英队伍的建立,为安然公司的扩张打好了基础。

1991年,世界范围内大规模的扩张开始了。安然公司在英国建立了第一家海外发电企业。1992年安然公司又将手伸到了南美洲——阿根廷,购买了阿根廷运德勒天然气公司,成为第一家进入南美洲的美国能源公司。1992年是安然对外扩张较快的一年,杰弗里·斯基林同时将手伸向了欧洲、俄罗斯、菲律宾以及印度等地区和国家,为成就全球最大的能源公司迈出了一大步!

对外扩张的初期,安然公司的步伐还是比较稳健的,并取得了一定的经验和实际效益。安然团队因此信心倍增,安然公司的股票价格也拾级而上。由于采用市场公允价值逐日结算法的会计原则,安然公司的资产也随其股票价格的攀升而迅速增长,几乎每季都超过分析师们的预期目标。于是安然公司的股票就继续上涨。一个个对外扩张的项目建立,都是有很好的预期效果,虽然都是在大笔资金投入的建设期,需要的是大量现金,结果如何还无人知道,但由于预期的利好刺激,股价仍一路上扬,泡沫也就逐渐在形成。

比如,1992年当安然公司获得印度政府许可,获准在印度兴建大柏电力公司（Dabhol Electric）时，就有人劝说印度还不能去，因为那里政局不稳，金融体系不健全，投资的时机尚不成熟。但扩张的野心让杰弗里·斯基林的团队迷住了眼睛，他们利用了印度不能去的说法大做文章，反而把不利因素说成了安然公司的成功之处，让市场相信，安然公司真是了不起，能人所不能。因为安然公司有斯基林和他率领的精英团队，有强大的政府靠山，资金实力雄厚，有最好的激励机制，如果做不成，他们领不到奖金，还可能被解雇，谁会去冒这样的风险呢？所以很顺理成章地推理，该项目必定成功！

利多的消息就是这样被放大了，股票上涨，安然公司的资产又进一步迅速增值，安然公司的信用评级大大提高，安然公司的债券发行畅通无阻，参与印度项目的人员都立功受奖，获得了上百万美元的奖励。但是，印度大柏电力公司从1992年获得印度政府批准开始，投入的启动资金达十亿美元，然后基建就花去28亿美元，前后经历了八九年的时间，耗资不下数十亿美元。在这八九年的过程中，不断传出利好消息：印度项目发展顺利，投产在即；第一分厂运作正常；第二分厂正在筹备中；第二分厂集资已经完成；第二分厂兴建即将开始等等。尽管印度大柏电力公司实际上颗粒无收，但项目已耗费了几十亿美元的投资，投资何时才能收回，谁都不知道，只有先把预期利益文章做足，人为的利好消息频频传来，为安然股价的上涨推波助澜。

这绝对是杰弗里·斯基林泡沫体系中的典型案例：从市场公允价值逐日结算法的会计原则开始，先把项目预期利益体现在股价上涨上，吹起了一个巨大的泡沫，项目预期成功的基础又建立在激励机制和大批精英能人身上。但事实上，我们需要明白一点，贪婪绝不可能促进社会的真正前进，反而常常是制造黑洞的根源。

　　类似的事情发生在上市公司的炒作案例中还少吗？全世界到处都有。这样的情况对一个普通的投资者很难识别真假，但对有经验的会计师来说，则太清楚不过了，也太简单，太容易识破了。会计师们不需要全盘否定这类投资项目，只要以会计师的审慎原则对该类投资项目签注保留意见，引起人们重视，让对该企业关注的投资者们，自己去认真地进一步分析就可以。会计师的保留意见，至少可以提示投资者，这样的投资和利润预期会计师们并不完全认同，使投资者们谨慎对待。但如果会计师签注的是无保留意见，那么投资者就会认为企业的投资和投资回报等一切预期都是会计师认同的，不用质疑。

　　这就是本书把安然与安达信公司绑在一起进行分析的根本原因。由于杰弗里·斯基林深深知晓财务公司对他的胡作非为的保护作用，所以，他从一开始就在人事关系上做了安排，让安达信会计师事务所这样的世界级的权威机构当护身符，一再地为他的项目出具无保留的意见，使骗局能够长期蒙骗世界的眼光。这是一曲由杰弗里·斯基林自编自导的，安然公司和安达信会计师事务所合演的"死亡双人舞"。

　　当然，投资失手的时候也是有的。

　　1998年，安然公司买下了英国韦塞克斯（Wessex）水处理公司，并成立了英国埃瑟里克斯（Azyrix）水处理公司。1999年6月，英国埃瑟里克斯（Azyrix）水处理公司正式步入市场，由于初涉水处理业务，经验不足，在投标竞争中屡屡败北，输给了同行业的竞争对手。在老到的对手面前，安然公司想用金融市场上胜利的手法来强行突破。于是，英国埃瑟里克斯水处理公司靠着安然公司，财大气粗地出高价购买食用水资产，想用实力与对手抢生意，最终实现自己的垄断地位。

但是，安然公司打错了算盘，这不是在美国本土，而是在欧洲老牌帝国主义的大地上，他忘掉了强龙难压地头蛇。安然公司缺乏天时地利人和以及政府保护伞等一切条件。所以，安然公司在英国的埃瑟里克斯水处理公司才刚刚出手，却万万没有想到，英国政府恰恰在这个时候，公布了调降水价的决定，这再一次给了安然公司迎头一闷棍，使安然公司损失惨重。如果是在美国，政府万一有调整价格的意图，安然公司至少也会或多或少提前获得信息，看出点蛛丝马迹呀。这是一种巧合，还是保护民族工业的举措，谁也不得而知。市场本身就是残酷的，你死我活的。安然公司认栽了，也大大挫伤了斯基林的锐气。但安然不会轻易言败，必将从市场的其他地方去寻找翻本的机会。

安然公司在全球扩张的不顺利，一直是杰弗里·斯基林的心病，在四处扩张的征途上，一个个败仗使他心有余悸，但他也决不肯就此认输，善罢甘休。所以他一直在思考下一个扩张发展的目标在哪里。

这时候，安达信会计师事务所又一次帮了安然的忙。通过安达信会计师事务所，杰弗里·斯基林似乎看到了在中国的发展机遇。随着中国的改革开放，一个个世界跨国公司先后在中国打开了市场，其中安达信公司在1990年代初就在中国取得了迅速的发展。斯基林看在眼里，痒在心里。他跃跃欲试，但中国的门在哪里？

杰弗里·斯基林对中国一点都不了解，在他心中，中国人还是"东亚病夫"的形象，中国政府还是红色政权统治下的神秘地方。当然他也深深知道，一个不成熟的市场，才是自己可以真正冒险的乐园。

如果不是安然公司与安达信会计师事务所的迅速垮台，他们的联手，进入中国市场的计划，将绝不是小手笔，这将给中国带来什么灾难，谁也无法估量。作者写到这里，为中国躲过了他们疯狂的扩张而庆幸。

杰弗里·斯基林求胜心切，结果使安然公司的扩张太快太猛，就像二战时纳粹德国的战线拉得太长一样，顾此失彼，部分投资的失利在所难免。到1997年中期，斯基林团队中的核心人物安德鲁·法斯托突然发现，安然公司的财务报告将难以维持拾级而上，难以符合分析师们的预期，并将出现下滑。法斯托感到了事态的严重，他迫不及待地要找到斯基林，要单独秘密地向他告急，并寻求对策。他相信全公司只有斯基林才有化险为夷的办法。

三、安达信的辉煌

　　如同自然界存在平衡机制一样，金融世界同样也有其自然平衡机制。在这个经济系统中，会计师事务所充当的角色，如同自然界中"田鼠"的天敌，在会计师事务所和专业会计师的眼前，金融欺诈行为应该无可遁形。安达信会计师事务所过去的辉煌经历，也正是对此最好的证明。安达信在亚瑟·安徒生信念的指引下，成为世界最大的会计师事务所之一，笔者在安达信的亲身经历，见证了安达信在其最辉煌阶段的确无愧于世界最优秀会计师事务所的称号。1990年代，安达信在中国的发展，对当时中国经济和改革开放的进步起到了积极的推动作用。

1. 社会自然平衡机制

　　多年前，在中国长江上游地区，有一片美丽肥沃的牧区，四季如春美如画，蓝天白云下一望无际的大草原，像碧波荡漾的大海，一群群雪白的羔羊,仿佛大海上泛起的一层层浪花,青年男女骑着骏马,围着羊群你追我赶,银铃般的笑声在草原上回荡。草原就是牧民的家园,夜幕降临,牧民的帐篷就扎在草地上,帐篷内牧民们在厚厚的青草上铺下毛毡当作温暖的床。幸运的羔羊有永远吃不完的最新鲜的嫩草,吃了东坡吃西坡,南坡北坡转一圈,东坡草儿又吹绿。

中国的改革开放,让牧民的生活有了翻天覆地的变化。由于羊毛羊绒需求大增,市场价格翻了几番,牧民们的收入大大提高,从此过上了相当富裕的生活。该地区已经成为全国最富裕的草原牧区。当地人开始雇佣来自安徽等地的农民为自己放牧,而自己却居住在城镇楼房内,享受富裕的生活。

然而外来人员接过羊群之后,由于对当地的情况不很熟悉,时常发生羔羊被其他动物偷袭掠杀事件。新牧民们就联合起来,共同对付掠杀羔羊的凶手——那些草原上凶狠的动物。渐渐地,凶狠的野兽被新牧民们斩尽杀绝,羔羊安全了,草原也似乎恢复了平静。

然而,让新牧民们万万没有想到的事情发生了。几年以后,一场更大的灾难降临了,由于猛兽被剿灭,小小的田鼠也就没有了制约它们的天敌,于是田鼠一时泛滥成灾,以几何级数的速度肆无忌惮地繁衍,很快就把整片整片的草根吃光了。肥沃的大草原成片成片地枯萎了,并且再也长不出草来,一阵风吹来,卷起一层黄土和风沙,整个牧区荒漠化了。于是,外来的打工者跑掉了,当地富裕的牧民又贫穷了。那些地区荒漠化的问题,要真正解决,将需要很漫长的岁月。

我们不能不感叹自然界本身的奇妙。一旦自然平衡被破坏,灾难将不可避免。面对灾难,再杰出的伟人,最多是帮助人们疗伤,起死回生的办法是不会出现的。就像面对金融危机,人们只能是想出种种方法去刺激经济,却无法让雷曼兄弟和通用汽车恢复往日的辉煌。

经济领域里同样需要这样的自然平衡机制!

金融是为实体经济服务的,当经济兴旺发达时,金融的发展就显得生机勃勃,金融衍生品获得大量创新的机会,一批批高智商的人群各显神通,超级贪婪的人士当然开始活跃起来。无论条件是否成熟,众多的新股争相上市;老的上市公司,则不管是否需要资金,拼命增发股票;大量超额贷款,恶炒期货、外汇的事情纷纷出现。在这样疯狂的世界里,如果没有很好的自然制衡机制,灾难早晚会降临。

那么金融世界中的自然制衡机制在哪里?套用上面草原的例子,我们把高智商人群比作牧民,利益比作羊,市场是肥沃的草原,搞财务欺诈的公司是"田鼠",会计师就是"田鼠"的天敌,金融监管机构则是当地政府。他们应该形成完整的制约链条。

在国际市场上,财务数据是进行一切金融活动的依据。但财务报告是企业自己的会计师做出来的,是一堆数字而已,有多少真实性与可靠性?那么,财务报表能不能由公正机关去公证一下,以示其可信呢?回答是肯定的,会计师事务所就是对财务报表进行公证的机构。会计师事务所当接到委托审核任务后,就会组织一个专业小组,进驻该企业,对该企业的实际经营情况进行审核,最终签发的审核结果,就是审计报告。审计报告告诉任何对该企业财务情况感兴趣的人,该企业出具的财务报表是否与企业的真实情况相一致。所以,某公司业绩亮丽的财务报表,经一家权威的会计事务所审计后签发了无保留意见的审计报告,就等于拿到了公证书一样,这样的财务报表才有社会价值。无论进行IPO新股发行、增发股票或是向银行申请大额贷款,经过审计的财务报表都是不可或缺的。

原则上,审计师要了解企业的任何经营活动和实际情况,企业必须无条件地配合反映事实真相。所以说,会计师是对被审计单位经营情况最了解的人,甚至是比董事长或其他任何员工都更清楚全公司总体内幕的人。一般的弄虚作假都逃不过会计师的眼睛,除非是"田鼠"躲在很深的洞穴里,或者是抓田鼠的猛兽的脑子出了问题,乃至眼睛突然被弄瞎了。

应该说,在正常情况下,会计师事务所的会计们就是欺诈行为的天敌!只要他们以会计师的本能去审计,反映企业的真实情况,那么很多企业的欺诈行为将难以得逞。当然会计师也有失误的时候,就像野兽抓田鼠,也并非万无一失,但至少可以让出现在社会上的欺诈行径控制在一定的程度之下,不会造成世界规模的大灾难。公证处接受被公证人的委托,进行公证,收取公证费,但公证处绝对不会根据委托者的要求,将大专文凭公证成硕士文凭。公证员是对全体社会负责,做出公证书的。会计师也应该如此,不能因为收取了巨额审计费用而眼开眼闭,掩盖企业实际经营的事实真相!

2. 安达信的机遇和发展

人为财死,鸟为食亡,自从私有制社会开始,人类为了攫取财富,可以冒生命之险,甚至引发战争。与此相比,如果只是简单地通过一些财务数据的处理,不必大动干戈,就可以获得利益,那可真是太轻松了的事情。所以,诸如偷税漏税和欺骗股民之类的事情屡禁不止。

从美国前12大破产案中可以看到，其中近三成的破产案是由于财务欺诈导致的。世通公司（WorldCom Inc.）、本书的主角安然公司和瑞富可公司（Refco），其主要负责人都受到司法诉讼，被指控犯有不同程度的罪行并最终锒铛入狱。全球通公司（Global Crossing）则受到美国国会调查，虽然最后被免予起诉，但还是以三位经理人被处以罚款了结。

这是几个由于欺诈导致公司破产而被曝光的案例，然而还有多少欺诈得逞的公司呢？如果说，把人为的大大小小隐瞒事实真相的事情都算起来，那么可以肯定地说，任何一个企业，都曾经或多或少地粉饰过财务账目。为什么在世界范围内有那么多财务欺诈行为呢？看似体面的世界级大公司，也都干过不可告人的勾当。这就是利益的驱动，人类三大最具破坏力的诱惑之一，只要有利可图，什么样的方法都可能想出来。光靠政府的监管机构，似乎难以起到未雨绸缪的作用，无法预防这些犯罪事件的泛滥，至于司法诉讼和制裁，都只是事后的惩罚而已。

有没有类似自然界中存在的天然平衡机制，可以将这些犯罪遏制在一定的程度，避免其泛滥呢？就像自然界里，田鼠和天敌的关系一样，天敌虽然不可能灭绝田鼠，但可以将田鼠控制在一定数量，保持大草原的生态平衡状态。事实上，经济和金融世界中这样的机制也是存在的，那就是会计事务所和注册会计师的制度，但我们必须强调一个前提，即会计行业的从业人员必须是真正尽职的金融罪犯的天敌，抓"田鼠"是职业"本能"的反应，如此才能维护世界金融秩序的稳定发展。

回顾历史，19世纪中期和20世纪初，美国社会的财会系统弊端丛生，为赚取审计工作的服务费，相互竞争的会计师事务所全部听任客户的指挥，客户的账务要怎么处理，只要说出一个目的，会计师就可以提供各种处理财务数据的技术手段，最终迎合客户的意图，炮制出漂亮的财务报表。到了20世纪初期，这种现象已经泛滥成灾了，审计报告早已经失去了公正性。但当时，也有一批有识之士，他们看到了社会的丑陋，决心要用自己的专业知识来为社会服务，为维护世界经济的正常秩序作出他们的贡献。亚瑟·爱德华·安徒生（Arthur Edward Andersen）就是其中之一。

亚瑟·安徒生，1885年出生在美国芝加哥，家境并不富有，所以他16岁时就不得不开始工作，白天当邮递员，晚上上学。23岁时，他就成为美国伊利诺斯州最年轻的注册会计师，当时在整个美国也才仅有2 200名注册会计师，并就职于英国的普华会计师事务所在美国的分支机构。

1913年，亚瑟·安徒生和他在普华会计师行的同事克拉伦斯·德莱尼（Clarence DeLany）在芝加哥共同创建了他们自己的合伙人制的会计师事务所，并用两人的姓氏组合成了公司的名字

亚瑟·安徒生

安徒生·德莱尼公司（Andersen Delany & Co.）。亚瑟·安徒生当时才28岁，他非常刻苦，白天忙于公司事务，晚上进修学业，在公司创办四年以后，他终于拿到了美国西北大学（Northwestern University）商业学士学位，并于1918年将公司正式以自己的名字命名：亚瑟·安徒生（Arthur Andersen & Co.）。当后来公司进入亚洲市场时，从音义两方面结

合考虑,公司的中文名称被定为"安达信"。

安达信公司创立之时,正值第一次世界大战期间,会计师很少具有大学文凭,他们大多从学徒开始做起,在堆积如山的账册中苦熬多年才能出头。会计师的工作也仅限于核对公司的资产负债表和收益表。但亚瑟·安徒生却十分重视对职业会计师的专业培训。他首创了专业会计师在工作时间内接受集中培训的制度,并为其设计了课程。同时,他还无私地为市民提供义务培训,并积极参与慈善事业。1927年,他被推选为美国西北大学管委会委员和主席。他还是美国伊利诺斯州注册会计师评审委员会主席。

亚瑟·安徒生认为,会计师传统的角色难以满足20世纪企业的需求。查账人的角色不应该只是最后的审查,也要进行最初的把关。他认为,一流的会计师应该为公司客户提出具有建设性的报告,帮助其解决管理上的日常问题。亚瑟·安徒生热衷于推行独立的高质量的会计师职业水准,并终身坚持诚信原则。他呼吁,会计师的首要职责是对社会公众和全体投资股东负责,而不是聘用他们的客户代表。虽然聘用他们的客户代表直接面对会计师,并有权决定支付多少审计服务费,但在亚瑟·安徒生看来,被聘用的会计师,仅仅是像公证人一样,而审计报告就和公证书一样,同样必须对社会和关心这份报告的人负责。因此,审计报告必须是对企业财务状况的真实反映,绝不能为客户方的慷慨大方所动,为其需要而文过饰非。

这一立场在当时很难被人接受。很多会计师事务所为了生存下来,已经接受这样的观念,即企业聘用会计师事务所,企业就是会计师事务所的客户,企业支付了丰厚的报酬,当然是会计师事务所的"上帝",会计师必须为"上帝"提供无条件的服务,客户的利益就是会计师事务所的利益。但亚瑟·安徒生的看法完全不同,他认为,企业要向社会公布他们的经营事实和财务状况,在企业和社会公众之间,社会公众是被动的,他们不可能实地查证,只能相信会计师的审计报告,所以会计师不能昧着良心,利用公众的信任去赚取不义之财,会计师必须站在社会公众的立场上,无论他们的客户支付给的是1000美元还是1000万美元,会计师必须公正地反映企业的真实状况,会计师为企业提供优质服务是应该的,而不是只要有钱赚就可以无条件地帮助企业去掩盖真相,粉饰财务报告。

因为坚持这样的经营理念,安达信会计师事务所开张不久,就到了几乎无法维持的地步,亚瑟·安徒生从没有怀疑过自己的思想,只是感叹社会对他的不理解。只有伦纳德·斯帕切克(Leonard Spacek)坚定地支持他,维护着安达信会计师事务所对社会的诚信原则。

1914年,就在安达信公司经营困难的时候,一家芝加哥铁路公司向他们提出要求,在审计中,只要安达信会计师事务所能确认一笔有争议的交易,以便该铁路公司能够降低费用和成本,提高其收益利润,那么支付给安达信的审计费用就可以成倍增加。但是,亚瑟·安徒生依然拒绝,并表示说:"就是给我全世界的财富,也不可能对我有任何诱惑。"安达信会计师事务所坚持对社会公众表述事实真相,很多时候这种坚持就意味着放弃自己的利益。安达信会计师事务所很自然失去了这家铁路公司客户,但不久以后,这家铁路公司就破产倒闭了。经过这一事件,安达信会计师事务所受到了社会公众的赞扬,赢得了社会的信任。

安达信还首创了将重大事件及时在审计报告中加以披露的做法。那是1915年,对一家轮船公司进行审计时,该轮船公司突然发生了一起沉船事故,虽然当时在时间上已经过了公司当年的会计年度,但是审计报告还没有签发。如果说,在审计报告中不体现该沉船事故,也完全不成问题,因为审计工作只是对企业的本轮会计年度进行审计。然而在安达信的坚持下,还是将此次沉船事故作为轮船公司的重大事件,在审计报告中披露了。这样做的目的,就是要及时告知社会,虽然沉船的损失没有计算在上一年度的财务报告中,但这将会影响该公司下一年度的财务状况,提示投资者做好心理准备。这是世界上首次在审计报告中做出这样的披露,安达信会计师事务所用自己的实际行动提高了自己在社会中的信誉。

安达信最初的成功正是来自对自己原则的坚持,1930年代,正是美国经济萧条时期,被揭露的财务欺诈案层出不穷,社会上对这些财务欺诈行为恨之入骨,也使得越来越多的美国人认识到安达信公司的诚信原则的可贵。如果会计师事务所的审计报告能够和国家公证处的公证书一样可靠,那么大家就可以大胆地选择正确的投资方向,而不至于被欺诈行为所蒙蔽。当时,在某些上市公司的年会上,有些股东强烈要求企业的财务状况必须经过安达信会计师事务所进行审计。于是,安达信会计师事务所以其真实诚信、直言不讳、专业性强的形象脱颖而出,深受美国民众欢迎。这样,到1947年,安达信公司就已经成为世界前20大会计事务所之一了。

亚瑟·安徒生于1947年离开人世,享年62岁,他开创了会计师事务所独立性原则的新天地,并为自己的信念和事业奋斗终生。在我写作本书时,曾懊恼地想到如果这位安达信会计师事务所的创始人还健在人世,或者安达信会计师事务所的后继者能坚持他的信念,我们或许可以早一点对眼下席卷全世界的金融危机产生警觉。然而历史永远没有后悔药可吃,没有这种假设存在的可能。

安达信会计师事务所是如何背叛了其创始人的信念,并为之付出惨重的代价,我们将在下面可以读到。

3. 安达信管理体系及其在中国的发展

安达信标志

安达信会计师事务所在中国曾有很好的发展,安然公司的杰弗里·斯基林也一直对于通过安达信公司进入中国充满希望,我们这里就不妨对安达信会计师事务所在中国的情况作一番考察。笔者对此是比较了解的,因为我曾经是安达信公司的资深高级咨询顾问,为它服务过很长时间。

经历了多年的商场磨炼,我总觉得财务是一个特殊的领域,面对一大堆财务数据,就像看天文数字一样,摸不着头脑。一次偶然的机会,我看到了安达信会计师事务所的招聘广告,怀着对它的好奇,以及对会计知识的渴望,决心前去应聘。

在进入安达信公司之前,我对会计师事务所一点都不了解,不知道这类公司的社会地位,也不很清楚它们的社会价值。我是觉得自己在财务方面的知识匮乏,想进去充实一下自己,以便能懂得会计学的一些基本原理,让自己在今后的发展中增强实际处理财务问题的能力。

当我真正进入安达信公司之后,眼前豁然开朗,会计师事务所的工作完全出乎我的想象,他们不仅仅是处理一些财务数据,他们接触的都是社会的政要人物、世界跨国公司的高级管理人员,他们所能看到的都是最机密的东西、最内幕的计划,他们关心的是世界各国的重大变化和即将要发生的重大事件、世界各行业间可能发生的变革。他们有最敏锐的嗅觉,因为他们了解全世界经济经营活动中的各种手法,也了解各类金融衍生品,因为各企业的各种做法和各金融衍生品盈利与否都要经过会计师事务所的最终审计。总之,他们是通过经济数据可以看到社会本质的一群智慧人。

世界曾经有所谓的八大会计师事务所,简称"八大",后来经过相互间的合并,变为"六大",又经过数度合并以及安达信公司倒台后,就成了现在的"四大"。据说又有一家"四大"之一的会计师事务所正面临美国司法部的起诉,如果罪名成立,很可能"四大"要变成"三大"了。事实上,它们瓜分了为世界上最主要的经济实体所提供的财务服务,包括为这些经济实体提供财务设置、年终审计和税务规划服务。任何行业对它们几乎都没有秘密。这也就是为什么各国政府在制定政策的时候,往往会聘请跨国会计师事务所的合伙人共谋大计。

伦纳德·斯帕切克39岁时出任了安达信会计师事务所的执行合伙人,接过了亚瑟·爱德华·安徒生的旗帜,也继承和发扬了亚瑟·安徒生的思想。他还以自己个人的魅力,将一大批优秀的会计师集聚在安达信会计师事务所的旗下,使安达信公司在1950年代及以后的20年中迅速发展壮大,成为世界八大会计事务所之一。伦纳德·斯帕切克是个非常感恩的人,他一直很低调,把自己的思想都说成是亚瑟·安徒生的,并与每一位新的合伙人都签署一份协议:无论公司盈利与否,安达信公司必须优先为亚瑟·安徒生的遗孀支付每年60万美元的生活费。他的这一举动也大大提升了他个人道德品质和安达信公司的信誉。

斯帕切克为完善会计制度倾注了他毕生的努力,他是抵制和反对企业财务欺诈的先锋。由于会计的专业特殊性,20世纪初期,当时的法庭很难从技术上来判定企业的行为是否涉及财务欺诈。所以在斯帕切克的建议和倡导下,一个"会计法庭"——美国注册会计师协会成立了。他毫不留情地揭露了一个个财务欺诈行为,并极其痛苦地见证了这些企业的覆亡。伦纳德·斯帕切克说:"当我看到这些企业倒闭而造成大批人员失业时,我非常难过。但出于我会计师职业的本能和我对社会所负的责任,我不得不这样做,这也是安达信创始人亚瑟·爱德华·安徒生的遗愿。"

安达信公司对客户的审核是非常严格的,不是说谁愿意出钱,就可以为他提供服务的。记得有一年我担任安达信咨询部的负责人,公司的接待人员来找我,说有位西装革履的绅士在门口,寻求咨询服务。我让秘书将那位绅士安排在会议室里,并放下手中的工作,前去接待了这位来访者。客人的名片上只印了名字彼得博士、电话、传真号码以及"美国纽约"的字样,并没有具体的公司名称和地址。原来他是某个财团的代表,准备去中国投资,投资金额据称超过5000万美元。我不由得吃了一惊,这在当时是多么规模浩大的投资啊,须知1988年当时可口可乐在中国的投资也只不过是1400万美元而已。

我立即请来了负责中国业务的安达信合伙人陈耀棠(Ivan Chen)一起接待这位客户。时近中午,陈耀棠让秘书安排,在五星级酒店与来访者共进午餐。午餐是在轻松友好的气氛中进行的。陈耀棠先生提出了要看一看对方三年的财务报表、资金来源以及股东组成情况。彼得先生感到有些为难,因为他的公司还没正式成立,他此行的目的就是准备要请安达信公司帮助设计一个计划,先在香港或其他什么地方设立一个空壳公司,再通过该公司到上海去投资,并在上海设立一家外商独资企业。彼得拿不出三年的财务报表,他表示资金将会通过香港公司汇进中国。最为困难的是股东组成,股东都是一些有钱的知名人士,他们并不想公开自己在大陆投资的身份,所以都是隐性股东。这也是在国际上很多见的情况。陈耀棠想了想,很婉转地告诉彼得先生,请他回去和各位股东商量一下,提供一张各自出资比例和具体金额的清单,并委托一个人为香港公司的名义股东,最后大家联名签字,作为安达信为这个公司办理隐名股东公司的依据。至于这个在法律上代表公司的名义股东是谁安达信并不过问,只是需要该名义股东的身份证明资料。

午餐后,我就根据中午双方谈妥的情况,拟写了一份委托意向书,传真给了彼得先生。两天后,彼得先生为难地给我打来电话,说费用没有问题,他们甚至可以支付三倍于我提出的费用金额,但股东的名册还是不能提供。最后的结果是,安达信公司还是放弃了这一客户。这个我亲身经历的案例充分体现了安达信公司的审慎性原则,不为来历不明的投资者服务,无论对方愿意出多少报酬都不可以。因为这其中存在很多不可知的因素,诸如非法的资金来源、不正当的投资目的等等,假如为其提供服务,会产生什么样的后果,谁也没法预料。手持安达信会计师事务所签发的证明材料就意味着他们将得到社会的信任,所以安达信会计师事务所必须审慎行事。

为了维护公司业务的完全独立性,避免人事因素可能导致的偏失,安达信会计师事务所制订了很多独特的制度,比如:在安达信公司内部,不同级别的人员不能是夫妻关系,公司员工和公司客户的主要负责人或主要相关人员不能是夫妻关系。万一在工作中产生了感情,那么两人中必须有一人要离开公司。在安达信公司的历史上就曾经发生过这样一件事:安达信会计师事务所美国总部的一位高级合伙人的太太是安达信公司的重要客户的总裁,这一客户公司的财务总监就是考虑到这层关系,工作上联系比较方便,所以聘用安达信会计师事务所为该公司提供审计服务。但是当安达信董事会发现这一情况后,就劝退这位高级合伙人,要他离开安达信公司。后来该合伙人的太太一气之下,改用了其他会计师事务所为其提供审计服务。安达信在这个案例中,既损失了自己的合伙人,又损失了重要的客户,真可谓赔了夫人又折兵,但安达信会计师事务所的这种铁面无私的做法,让社会更加相信它的诚信,在社会上的威信愈高,其做事原则也就愈为社会接受。

安达信会计师事务所对待每一客户都崇尚高效优质服务的原则。说定的时间表,一定会严格遵守。安达信公司在培训时就强调这一点,去访问客户不能迟到也不能早到,一般是提前五分钟以内进入客户的门为宜。万一早到了,也只能在门外等待,到时间才能进去。而在审计工作中,虽然时间紧迫,但大家也严格遵守工作流程,从不马虎从简。审计师往往为了项目日夜加班,所以在安达信公司的办公室里,牙刷、牙膏、毛巾等生活日用品一应俱全。年轻的审计师,真是很辛苦很辛苦,累了困了,就趴在办公桌上打个盹。所以他们感慨地说:自从爱上安达信,就再也不能爱别人。因为他们每天工作都很忙,接触的人不是本公司的同事就是客户,而公司的政策又不能在公司内部谈恋爱,更不能和客户产生感情。

安达信公司的内部管理机制也体现了公平、公正的原则,是比较独特的一种模式:公司上下有严格的等级制度,这种级别是由安达信公司内部评定的,有点类似学校里的年级一样。正常情况下,职员每年都会被提升加薪,如果谁没有获得提升,那就像被留级一样。所以这种机制也带有激励员工的作用。普通新员工，经过六年的提升可到达经理职位，12年后可以任合伙人，合伙人的投资款并不需要自己掏钱，而是由公司先行垫付，然后每年在合伙人分得的利润中扣除一部分作为偿还。若干年后，当新的合伙人全部归还了公司垫付的投资款，那么就拥有了自己全部的股份。

安达信公司里合伙人或高级经理的手下并没有自己专属的"兵"，只有秘书一人是固定的，其他员工则都是但也都不是他的直接下属。员工们在公用的大房间内办公，当经理接到一个项目时，由他向人事部门提出项目团队的人员配备，如几位新职员、几位中级员工和几位高级员工等。然后，人事部门会根据经理的要求，整理一份目前还没有接到项目的员工名单，让经理去挑选，组成一个临时的团队。当项目完成后，经理要对团队每一员工作出书面评议，再把这些员工归还给人事部。经理的评语很重要，是员工提升的依据，也是对经理自己的考核，如果一个员工在一年里与10位经理共同做过项目，9位对他的评语很好，只有一位经理完全相反，那么这位经理也会受到考察。所以，经理们也不会轻易乱写员工的不是。在这样的氛围中工作，员工不用担心因一次失误而导致长期蒙受偏见的事情发生。

为了对客户负责，也是为维护安达信公司的声誉，安达信公司还有规定，任何发给客户的书面文稿，必须有两位不同级别的上司审阅签字后才能发出。这样就等于有了二级校对审核，发给客户的文件甚至连行文格式和标点符号都得到了修饰，展现在客户面前时，看上去完美无缺，很有分量。

安达信公司还是世界上唯一的全球一体化的会计师事务所，从专业技术和管理体系到利益分配都是全球一体化的。它有自己的培训中心，不仅每一位新员工必须先通过培训考核以后才能上岗，而且每年世界各地的不同级别的会计师都要到这一培训中心进行轮训。这是沿用了创始人亚瑟·爱德华·安徒生创导的培训制度，使全世界的各个分支机构都在统一的规范下运作，并且让安达信会计师的业务水平不断得到提高。

分配制度也是全球共享。世界各地安达信分支机构的所有收入都合并一起，然后根据每一地区的物价指数，制定一个分配系数，工资标准就是平均工资乘上分配系数。这样一来，全世界同一级别的人员虽然工资不同，但他们可以享受到的物质生活水平都是相同的。而世界上其他会计师事务所的运作，大都是以合作形式合并扩大的，财务上各个会计师事务所则独立核算，自负盈亏，自行分配。

到了1980年代，世界出现了八大会计师事务所群雄割据的状态，即安达信（Arthur Andersen）、毕马威（KPMG）、德勤（Deloitte）、道取（Touche）、恩斯特·惠尼（Ernst & Whinney）、亚瑟杨（Arthur Young）、罗兵咸（Price Waterhouse）、容永道（Coopers & Lybrand）。为排名次，大家暗中较劲，争夺市场，追求营业额和效益。到了1980年代末期，八大会计师事务所发生了一系列大合并。1989年德勤和道取合并成为德勤；亚瑟杨和恩斯特·惠尼合并成为安永（Ernst & Young），形成了世界六大会计师事务所。到了1990年代，会计师事务所的审计业务已经很难增长，为取得更高额外收益，大型会计师事务所又纷纷利用自己的行业优势，为他们的客户提供商业咨询业务。

当时安达信公司在拓展咨询业务方面是走在最前沿的，特别是当时网络科技行业刚刚起步，安达信为IBM提供的咨询服务就成为世人有目共睹的成功案例。一时间，安达信的地位越来越高，所以它的年收入迅速提高。以下是它在1990年代收入的发展表。

单位：百万美元

1990年代初期，世界上曾一度对中国实施经济封锁。安达信合伙人陈耀棠先生却毅然决定去中国拓展业务。在他的努力下，安达信公司最早获得了中国政府的批准，在华设立了第一家外商独资的企业咨询公司——安达信企业咨询（上海）有限公司。当时中国还没有对外开放会计师服务业和咨询业市场，所以安达信的进入引起了广泛的社会关注。

1989年，经中国国际信托投资公司执行董事经叔平的建议，时任上海市市长的朱镕基先生邀请了安达信公司合伙人麦克米伦（McMillan）先生和陈耀棠先生，参与了"上海市市长国际企业家咨询会议"的创办和联络，从世界各国邀请政界和经济界要人，为中国改革开放出谋划策。首届"上海市市长国际企业家咨询会议"于1990年3月16日在上海的西郊宾馆顺利举办，首任咨询会议主席由时任美国国际集团（American International Group, AIG）总裁兼首席执行官的格林伯格（Maurice R. Greenberg）先生担任，上海市外资委副主任叶龙蜚先生任秘书长，美国康地谷物公司（Continental Grain）、澳大利亚太平洋邓禄普公司（Pacific Dunlop）、瑞士诺华公司（Novartis）的前身之一汽巴—嘉基公司（Cipa-Geigy）等都是这次会议的成员单位。第二年4月中国向世界宣布开发开放浦东。将近20年过去了，"上海市市长国际企业家咨询会议"的成员已由最初7个国家的12名成员，增加到目前共有来自14个国家39名成员，有世界著名跨国公司30多位总裁的踊跃参与。安达信公司和麦克米伦先生、陈耀棠先生对此功不可没。

当时由于国际上对中国实施经济封锁，一度很少有人愿意去中国。甚至很多原定的在华的国际活动和国际会议都相继先后取消了。为了宣传中国的改革开放政策和投资商机，安达信公司在香港自己的公司内设了"上海办公桌"（Shanghai Desk），聘请了当时任上海市外资委副主任的叶龙蜚先生坐镇，在香港直接为世界各国的公司提供去中国投资的优惠政策的解释，并为在华投资企业解决很多疑惑和实际问题。这不仅帮助了当时以朱镕基先生为市长的上海市政府在经济上扩大境外招商引资，政治上反封锁，而且也为安达信公司获得了丰厚的收益和提高了自身的社会地位。

叶龙蜚先生当时的对外身份是安达信公司的合伙人，对内是上海市外资委副主任。很多与内地政府的协调工作，只要一个电话就可以解决了。虽然当时他的咨询收费相当昂贵，并且全数归安达信公司所有，但这项咨询服务的效用也是堪称世界一流的。由于安达信公司的这些功绩，也使安达信公司在中国的业务飞速发展，当时中国发行的B股审计工作几乎全被安达信公司独揽。1991年，华晨公司也正是在安达信的协助下成为在纽约上市的第一家国有企业。

当朱镕基先生出任中国国务院总理以后，安达信公司的合伙人陈耀棠先生还时常被请到北京，共同商议大事，为中国的证券事业发展和中国经济发展作出了卓越的贡献。

我在描述上述情况时，内心极为复杂。如果安达信坚持它的信念，坚守其创始人确立的工作原则，它今天可能依然是世界上最大的财务公司，它在中国的业务将发展得更加庞大。很可惜，安达信的辉煌最终随着安然公司的丑闻而烟消云散。

在海外的学者讨论中，有人问，是否是安然公司把安达信会计师事务所彻底拖下水的？依我的观察，安达信公司所犯下的最大错误，当然与安然公司有关。但是，最根本的问题，还是安达信公司本身的转向，是在利益的诱惑下一步步完成的。并且，当安然公司的问题即将暴露时，安达信公司在错误的时机，采用了错误的决策，实施了错误的行动。我们难道不也可以反过来设想，假使安达信公司坚定地向公众披露安然公司的违规秘密，是否不但可以挽救自己，甚至不让安然公司迅速垮台呢？也许，金融危机的爆发，也将受到某种制约！

当然，历史从来没有假设的余地。我们讨论这样的问题，本身没有多少意思，仅仅是让后人多一些思考问题的角度。

四、虚伪的神话

连续被美国《财富》杂志评为世界最具有创新力的公司,获得2000年英国《金融时报》颁发的"年度能源公司奖"及"最大胆投资成功决策奖",业绩连年攀升,是美国人最向往就业的公司,股价年年上扬,安然公司成了美国人的骄傲。一顶顶美丽的皇冠戴在了安然公司的头上。但没人会相信,这一切会是一场骗局。

从获得权威财务公司安达信的认可,到获得美国证监会正式批准,安然公司采用市场公允价值逐日结算法(mark to market)记账了。当安然公司的股票能够维持在节节攀升的状态,那么安然公司就可以顺利地发行债券、增发新股,或用自己的股票到银行做抵押贷款,一切都将在良性循环的状态下运作。

然而,要维持公司的股票价格,只涨不跌,谈何容易。当第一次用虚假的手法维持了公司效益,符合分析师预期后,作假就一发不可收拾。一个谎言必将留下多个缺口需要弥补,于是便有新的谎言去掩盖第一个谎言留下的缺口,谎言复谎言,几个甚至几十个谎言都无法自圆其说。

安然公司做假账，在从1997年开始的五年里，权威的安达信会计师事务所会一无所知？对安然公司将贷款变成盈利，使用左右手内部交易等手法会看不见？还是被利益驱使，利令智昏了？

1. 关键人物——安德鲁·法斯托

安德鲁·法斯托（Andrew Fastow）1961年出生在美国华盛顿州，在新泽西州的新普罗维登斯成长，毕业于新普罗维登斯中学。法斯托从小就是好学生，中学时代就被学校推荐为唯一的学生参政代表，成为新泽西州教育委员会的成员，他还是学校网球队员和学校乐队成员。

大学时期的法斯托是非常快乐和幸福的，一次偶然的机会，他认识

安德鲁·法斯托

了李·韦恩加坦（Lea Weingarten），也许同是犹太民族的原因，他们一见如故，他乡遇故知，两人有说不完的话题，很快就双双坠入爱河，如胶似漆。

1983年，安德鲁·法斯托与女友双双毕业于美国塔夫茨大学（Tufts University），并获得了经贸专业的学士学位，同时他们还学习了中文。大学毕业的第二年，他们就步入了婚礼的殿堂，当时安德鲁·法斯托才23岁。他们结婚并不是仅仅为了沉浸在甜蜜的生活之中，而是为了更好地相互勉励，相互促进。他们要共同考进

同一所大学深造,去完成MBA的学业,继续他们的浪漫生活。

连上帝都喜欢这对比翼双飞的年轻人,法斯托夫妇如愿以偿,双双完成了美国西北大学(Northwestern University)MBA的学业。这对可爱的年轻人MBA毕业后,又共同应聘进入了芝加哥的伊利诺斯州国家银行的信托公司。直到1990年,安德鲁被杰弗里·斯基林看中招到安然公司,两人才分开工作。安德鲁·法斯托一生的命运从此改变。后来,法斯托夫人也加入了安然公司,并成为其丈夫的同伙,最后他们夫妇同时认罪,双双入狱。真是一对同命鸟。

在杰弗里·斯基林的一手培养和提拔下,法斯托逐渐进入佳境,他的悟性很高,很快就能跟上斯基林的思维方式,并能很快为斯基林的新计划想出财务应对措施。有了他的配合,斯基林的很多商务运作就更加简便。

安德鲁·法斯托是个比较忠心的人,他知道自己是受杰弗里·斯基林赏识,又一手提拔的,经过墨西哥探险的考验,他已经是斯基林幕僚中最核心的人物之一。他非常敬佩斯基林,把他的事情完全当着自己的事情来做,会处处为斯基林着想,只要是有利于斯基林的事情,无论是事业的发展,还是巩固权力的需要,他都会为之竭尽全力,把事情办得一丝不苟。而且安德鲁·法斯托的口风很紧,对一切事情,都守口如瓶,所以斯基林对他也最放心。要开拓任何新的项目之前,他首先会和法斯托商讨,当得到法斯托确认财务上完全可以处理时,杰弗里·斯基林就敢大胆地去实施了。

1998年,安德鲁·法斯托被斯基林提拔为安然集团公司的首席财务官CFO,从此,法斯托就正式掌控了安然公司这个世界500强中排行第七的商业帝国的财政大权。

　　金融分析师大都和企业关系不错，因为他们希望能得到比别人更早更多的信息，会特别关注企业的一些重大的发展计划和经营活动。然而他们得到的信息，当然是可以公开的部分，他们拿到的数据也都来自经过安然公司特别加工过的财务报表。分析师的有些预测也曾受到过质疑，分析师们的回答往往是：我们会进一步去问杰弗里·斯基林。而对于斯基林的解释，分析师们总是照单全收。

　　当然也有个别分析师例外，像约翰·奥尔森（John Olson），就是为数很少的独立分析师之一，他经常对安然公司的财务状况提出尖锐的质疑。奥尔森服务于美林证券，也是美林证券的资深分析师。所以他的质疑时常对市场影响不小，但在安德鲁·法斯托巧妙的解释中，安然公司每次都可以化险为夷。

　　每次临近公布季度财务报告时，眼看着安然公司当季的财报就要达不到预期了，但突然又冒出了一些奇特的交易，奇迹般地又会超过了分析师们的预期。这不得不引起约翰·奥尔森这样资深分析师的怀疑，而安然公司的解释是，交易总是在最后成交了才能算真正的交易成功！但这样的解释不能令约翰·奥尔森满意，他开始进一步研究安然公司的可疑之处。这让安德鲁·法斯托非常恼火。他怕那些事件真相一旦暴露，安然的名声就会一落千丈，股价难以维持。所以，他必须让奥尔森闭嘴。

　　法斯托向美林证券开出了条件，让奥尔森走人，此人太危险了！美林证券知道自己也参与了很多制造安然公司虚假利润的事情，同时安然公司又向美林证券提出增加5000万美元新业务的诱惑。美林证券只好找了个合理的理由，并支付了大笔离职金，让约翰·奥尔森离开。

　　约翰·奥尔森是个乖巧的人，他没有赌气非要追查下去，他知道再进一步追查下去，必定会找到问题所在的。然而他也惧怕安然公司的背景。既然安然公司可以强行要求他离开美林证券，美林证券不仅同意并且能付出这样的经济代价，必定是自己踩到了安然公司的痛处。他担心自己固执下去会惹上什么祸害，安然公司会不会还有其他进一步的计划？钱多了也真让人坐立不安，奥尔森越想越害怕，怕惹是生非，就拿钱走人。就这样，他自觉地闭上了自己的嘴巴。

美林证券让约翰·奥尔森走后，换上了为安然公司歌功颂德的分析师，从此质疑安然公司的声音没有了。这也让安德鲁·法斯托和杰弗里·斯基林的胆子越来越大。安然公司在一片利好声中，于2000年8月23日创下了股票市场价格的历史新高，每股价格达到84.88美元。五年内，安然公司的大小股东的利润回报率达到了507%！安然公司的名声越来越大，肯尼斯·雷和杰弗里·斯基林都已经成为美国人的骄傲。安然公司的市值达到了将近700亿美元，一跃成为世界500强企业中排行第七的世界第一大能源公司。

安然公司傲人的业绩，离不开首席财务官安德鲁·法斯托，美国CFO杂志1999年度评选法斯托为全美国最佳首席财务官。

2. 安然股价保卫战

很多人认为，几乎所有的公司都梦想有朝一日能够上市，迅速从资本市场获取资金。但事实上，上市与否各有利弊。常有这样的公司，效益稳定，资金不缺，公司股东就无意上市。因为公司成为上市公司以后，同时也就受到公众投资者的监督。公众股东可以随时对公司的经营活动提出质疑，而公司必须给予恰当的回应。公司的任何投资项目，都要通过股东大会审批，这在某种程度上意味着公司的控制权的转移。更何况，在资本市场上，公司还面临着随时被收购的风险。财大气粗的收购者一旦采取在市场上强行收购的手段，成为公司第一大股东，那么原来的公司创始人甚至有被踢出公司董事会的危险。

杰弗里·斯基林甫任安然首席运营官，就提出了财务改革的先决条件：必须用安然公司当期股价作为安然公司资产入账，这就是所谓的"市场公允价值逐日结算法"。肯尼斯·雷当时虽然并未深刻理解此举的深远意义，但他出于对斯基林的信任，还是说服了为安然公司提供审计服务的安达信会计师事务所，并获得了安达信公司的书面确认函。

严格讲，这一记账原则比较适合于纯交易性券商，如证券交易商或期货交易商，因为它们只是金融机构而不是经济实体，其实际资产就是当天收盘价的市值，而且它们也不可能关起门来制造虚假的经济实体财务报表。但对一个既是经济实体又是自营交易商的企业而言，采用市场公允价值逐日结算法，则可能让该经济实体通过制造虚假财务报表，达到在市场交易中牟取暴利的目的。

但是通过安达信会计师事务所和安然公司一年多的共同努力，1992年1月底，美国证监会正式批复，同意安然公司采用了这一市场公允价值逐日结算记账的会计原则。在这个审批过程中，安达信会计师事务所起到了十分重要的作用。因为美国证监会同意的理由，很大程度上是以安达信会计师事务所的意见为参考的，毕竟这是世界公众信任的财务公司。本书始终持这样的观点，安然公司和安达信会计师事务所的悲剧，是他们共同导演和演出的一曲"死亡双人舞"。公允价值逐日结算法就是这曲双人舞的序幕。

　　但这还只是杰弗里·斯基林实现自己远大目标的第一步！人人都清楚,股市的本质是炒作市场和企业对未来的预期,也就意味着,安然公司可以把自己将来的预期价值,提前透支给所有安然公司的股东！但这样做的同时,安然也必须维持其股票价格持续上升。于是,安然公司的股价"保卫战"就拉开了序幕。

　　为了维持公司的股价,安然不得不隐瞒很多事实的真相。比如,印度大柏电力公司的失败,该项目从一开始就有意见认为风险过大,几乎没有成功的可能。事实上,安然公司一踏入印度的国土,就已经意识到了该项目的处境不容乐观。然而,安然公司已经大肆吹嘘在先,10亿美元的启动资金已经投入,如何向股东交代这一重大失误呢？无奈之下,公司只有硬着头皮挺下去,通过编造一个又一个的利好消息,先应付社会的监督,再择机行事。

　　因此,杰弗里·斯基林和他的团队就开始制造一个个虚假的利好消息,在市场上渲染,让人们看不到印度项目的风险。在长达七八年的时间里,好消息频传。这一切不过是为了股价的攀升！但安然的核心人士则早已经非常清楚,印度项目几十亿的投资,可能面临颗粒无收的结果。当然,印度大柏电力公司的失败有着众多的客观原因。大柏电力公司项目不幸卷入了印度的政治斗争,而2000年网络科技泡沫破裂,使印度卢比大跌,天然气和电力价格猛升,签约客户无力向大柏电力公司购买电力,于是,印度政府毁约,提前终止与安然公司的合作,最终造成项目失败,被迫停工。

　　到1997年中期,斯基林团队中的核心人物安德鲁·法斯托发现,安然公司的财务报告将难以维持拾级而上,难以符合分析师们的预期,并将出现下滑。感到事态严重的法斯托,迫不及待地去寻找杰弗里·斯基林,要单独秘密地和他商量对策。他先是去了斯基林的办公室,人不在那里,打他的手机,响铃的手机还在办公桌上震动。法斯托一个一个部门去寻找，市场部、能源部、交易部……但斯基林却始终不见踪影。安德鲁·法斯托最后来到了董事会秘书丽贝卡·卡特（Rebecca Carter）的办公室门前，这时一个令人吃惊的场面出现在他的眼前，他看到了杰弗里·斯基林正把丽贝卡·卡特搂在怀里，两个人像是在自己家里的卧室内，正旁若无人地半坐半躺地陷在沙发里，背对着门搂抱在一起。安德鲁·法斯托站在门口，居高临下正好看到斯基林的一个手勾着丽贝卡·卡特的背，另一个手从她的上衣下面伸了进去，在胸衣下蠕动。他们相互陶醉在甜蜜深情的亲吻之中，甚至连他的进来都没有察觉。法斯托轻轻地退了出来，随手把门锁上，他不能惊动他们，也不能让别人惊动了他们的好事。

笔者并非有窥视的强烈欲望，只是想从特殊的角度发现杰弗里·斯基林他们的为所欲为的性格。这也是安然公司的企业文化之一。安然公司上上下下，类似的事情太多。哪怕在公司面临命运抉择的危机中，他们依然常常表现出无法无天的强悍。当然，最后把他们送入地狱的也正是这样的盲目自信。

在安德鲁·法斯托发现杰弗里·斯基林和丽贝卡·卡特在办公室偷情的第二天，法斯托就找到斯基林汇报了当时的财务状况。斯基林马上意识到事情的严重性：虽然1997年的利润达到了5000万美元，但却远远低于市场预测，甚至还达不到分析师们预期的一半。

现在摆在斯基林面前的情况是，如果不做任何处理，如实反应公司的实际情况，肯定会影响到安然公司的信贷评级，从而带来一系列后果，不仅安然公司的股价将会大大下降，而且安然公司的融资机会将会受到很大的影响。安然要实现成为世界第一大能源公司的远大目标，必需募集更多的社会资金，所以眼前的不利局面就显得格外棘手。斯基林深深意识到必须打好这一场股价保卫战，他立即召集起安然公司的核心团队开会，一起商讨对策，他必须要让大家明确，安然公司没有退路，无论如何必须将1997年的利润保持在1亿美元以上。这是不容商量的底线，这是一场只许成功、不许失败的生死决战。

这个紧急会议召开时，是否有安达信公司的咨询顾问在场，外人无从得知。通常，在这种关键时刻，公司总会请来自己高价聘请的咨询顾问，征询他们的意见。特别是当财务出现问题，要进行特别的处理时，财务顾问的意见和作用就显得尤为重要了。

安然公司每年支付给安达信的咨询费高达2000多万美元。

安达信会计师事务所的会计师们见多识广，他们给世界各大经济实体提供服务的同时，其实也是他们自己的一个学习过程。他们可以借鉴其他公司的运作方式，或移花接木，或举一反三，为更多的客户提供成熟的方案。

这样的实际经验是非常可贵的，无论人或企业，如果只是闭门造车，总是有所局限。而安达信会计师事务所的会计师们，通过为众多客户提供的服务，等于分享到了社会所有人的智慧。他们从各企业实际经营中最闪亮的部分里得到启发，各种案例的成败关键和经验教训，是书本上没有的，花钱也买不到的。但是，从另一个角度看，错误的咨询，别有用心的服务，也很可能变成犯罪的教唆。因为某种做法在A企业是正常的，但被用心不良的B企业利用了，就变成了实施犯罪的手段。

斯基林充分明白安达信公司会计师的价值所在，所以他常在与安达信会计师接触中发现和挖掘人才，并以高薪把他们聘请过来，直接成为安然公司的会计师。一来使自己公司的财务部实力更加壮大，更容易对付税务官员和社会股东，因为这些资深会计师出具的财务报告从表面上看更加专业,处理的手法更加老到;二来与安达信会计师事务所的人员更容易沟通,也会让安达信公司的审计人员放松警惕,因为双方的会计师,很可能以前就是老同事。在整个安然集团公司中,有100多位会计师,就是来自安达信会计师事务所的员工。

在斯基林的总动员下,安然公司的会计师们忙开了,他们要为安然公司股票价格的"保卫战"各显神通了。

3. 特殊目的企业下的阴影

杰弗里·斯基林的智囊团会议结束以后,安然公司的核心成员就开始为达到斯基林制定的利润目标紧张工作。大家四处活动,想尽了一切可以使用的办法。但是,要想在年内真正增加5000万美元的利润,已经几乎不可能了。谁也明白,5000万美元的真金白银,是简单的戏法弄不出来的。

但杰弗里·斯基林毕竟是杰弗里·斯基林,他和他的智囊团经过几天的酝酿,上穷碧落下黄泉,竟然异想天开地终于想到了一个解决问题的方案。这个世界一流的智囊团,几天的努力策划,消耗掉的仅仅是脑细胞和几根头发,但一个可以让公司利润大规模虚增的方案竟然就此出笼了。原来,他们在美国的公司法中发现了可乘之机,于是便算计设立一个特殊目的企业SPE(Special Purpose Entity)为自己服务。该公司一旦诞生,就可以根据安然公司的需要,将安然公司的债务和亏损放到该企业,而盈利则放进安然公司的账户内。

于是一个名为 Chewco(别名JEDI,意思取自电影《星球大战》中的"绝地大反击")的合伙人制有限公司诞生了。根据美国的公司法规定,允许这类特殊目的企业的财务报表不合并进母公司,但这类特殊目的合伙人制企业的独立合伙投资人必须符合以下三个条件:

1. 投资额必须始终保持不低于该特殊目的企业总资产的3%。

2. 实际承担该特殊目的企业可能产生的风险。

3. 和所有其他的转账一样,将实际的(潜在的)经济利益转给母公司。

美国政府之所以允许这类特殊目的企业存在,初衷是为了企业在实际经营中,遇到特殊情况时提供一种临时性解决方法,便利企业进行一些表外账务的处理。这类公司和业务通常主要有以下几种:

1. 租赁行业公司:固定资产租赁/营业性租赁。比如航空公司要买飞机作为自己的运营使用,它可以用以下的两种方法来达到目的:

(1)向银行贷款,购买飞机;飞机是航空公司的资产,但贷款和贷款的利息是其债务,每年飞机的折旧,都将降低航空公司的利润。

(2)向租赁公司租用飞机,航空公司只要每年支付租赁费单一的成本就可以了,因为飞机的所有权是租赁公司的,所以航空公司的资产负债表内就根本没有飞机资产,也没有贷款,同样地使用了飞机,但航空公司就把资产和债务都转移到了租赁公司,这一飞机租赁公司也可以是航空公司与其他投资者合资成立的合资公司,该合资公司就是特殊目的的企业SPE。

2. 资产回租或代理经营:商铺出售给对方,但仍然向对方租用该商铺,或代理经营该商铺。

3. 信托性资产。

4. 存货或应收账款的融资性出售。

5. 特定公司的债务与资产分离的处理；如将不良资产剥离后，放在特殊目的企业，再对这特殊目的企业进行资产重组等。

6. 房产公司新建楼盘的销售业务。

7. 金融机构各类金融衍生品。

但是，安然公司创建的 Chewco 公司却并不属于以上所列举的常例之列，它纯粹是为了制造虚假利润而虚构设立的。它的独立合伙人麦克尔·库珀（Michael Kopper）是安然的雇员、安德鲁·法斯托的部下，直接向法斯托汇报。他只是一个挂名的投资者。

Chewco 公司所有的资金是通过无抵押贷款获得的，而事实上给 Chewco 发放贷款的巴克莱银行（Barclays Bank）是以安然公司自己持有的股票作的抵押。由此可见，所有出资都来自安然公司，所有的风险也当然全由安然公司自己承担。因此 Chewco 本身就是不合法的特殊目的企业。因为独立投资合伙人没有承担该特殊目的的企业可能发生的所有风险。所以说 Chewco 公司并不像安然公司所宣称的那样，是一个特殊目的企业，而实质上只是安然公司百分之百的子公司。在这个意义上，Chewco 公司的财务报表是必须合并到安然公司的。

安然公司、安达信会计师事务所和巴克莱银行三方共同合作，Chewco 公司就此诞生。Chewco 公司的运作模式是，以安然公司的股票作抵押，向英国巴克莱银行申请巨额贷款，再用此款项，去购买安然公司的不良资产。这样一来，安然公司不仅可以让自己的不良资产轻易地从自己的财务账目上消失，同时，还轻而易举地增加了巨额的利润和现金流。而且，这种运作方式神不知鬼不觉，很难为外人所察觉。

这应该是安然公司第一次尝到大规模做假的甜头。杰弗里·斯基林又一次向世界证实了自己无所不能的本领。安然公司的业绩又一次奇迹般地超出分析师的预期，股价暴涨。麦克尔·库珀也受到了斯基林的重奖，在随后的三年里，作为Chewco公司的合伙人的他先后获得了将近200万美元的报酬，其中还有一部分奖金又转到了安德鲁·法斯托的夫人的名下。

Chewco公司不仅为安然公司在1997年创造了大约5500万美元的虚假利润，而且在后来的岁月里不断地为安然公司虚增了将近4亿美元的利润。Chewco公司是安然公司的掘墓人之一，是侵吞安然公司股东利益的一个恶魔。

设置Chewco公司的主意到底来自谁的头脑，现在已无法精确考证，也许是大家商议时共同思维的结晶。但这样的设想，毫无疑问离不开会计师的头脑，只有长期沉浸在经济法规中的人员，才最有可能冒出这样刁钻古怪的念头。在这个精心炮制的布局中，巴克莱银行似乎并没有马上觉察到这个虚假的特殊目的企业的风险。但安达信会计师事务所显然并不是被动地被拖下水，而是自觉地导演了这出最终使自己走向死亡的悲剧。Chewco公司从一开始就没有实际的商务运作，仅仅是安然公司的转账工具和资金运作公司。麦克尔·库珀将他的同性恋男伴作为他在当地的合伙人安插在Chewco公司内，并由Chewco公司支付工资。但是安然公司以及为安然提供审计服务的安达信会计师事务所，都没有披露这些事实。原本应该独立、审慎的会计师，竟然违背了最基本的职业操守，成为安然公司实施财务欺诈的教唆犯，这是当代经济界不得不重视的教训。

在另一方面，美国允许特殊目的企业可以不与母公司合并财务报表,是为了这些企业正常运作的需要。但是,在整个安然财务丑闻事件中,我们可以看到,安然公司正是利用了这一规则,将债务分散在诸如Chewco公司的多个特殊目的企业内,把利润放在安然公司的财务账目上,隐瞒其债务,虚增其利润,并对公众隐瞒事实的真相。痛定思痛,美国的此类法规的漏洞,也是需要好好补一下了。

2002年,安然和世通先后发生财务丑闻事件(顺便提一下,世通公司的财务欺诈案,也是安达信会计师事务所做的审计服务,其破产规模超过了安然公司)以后,美国证券交易委员会对审计师的独立性提出了更为严格的规定。美国政府颁布了萨班斯—奥克斯莱法案(Sarbanse-Oxley Act.)。该法案强调了独立审计师的原则,并规定核心审计服务必须与总体咨询业务相分离。为此"四大"会计师事务所被迫将它们的商务咨询业务与审计服务相剥离。会计师事务所的主要业务仍是审计服务。这些措施和法规的目的,是希望让会计师们重视自己的职业操守。但是事实上,会计师事务所为审计客户提供一定的咨询服务,诸如在税务及公司财务领域内的商业建议,仍然是无法避免。

有一种成功,是复制以往的成功,将成功的经验举一反三地反复使用。犯罪分子也是一样,当第一次得手后,他们会不断地以相似的手法反复作案。因为他们觉得通过这种途径,达到自己的目的十分容易。安然公司的CFO安德鲁·法斯托此刻怀抱的,大概就是这样的想法,他觉得利用这样的特殊目的企业来为安然公司制造利润太容易了,安然公司在全世界的关联企业有3000多家,混几个Chewco之类的公司在他们中间,真可以做到神不知鬼不觉。于是,在Chewco公司出笼之后,安然公司又相继创建了LJM1和LJM2这样重量级的特殊目的企业,为安然公司制造了大量虚假的交易。这已经完全不是美国正常的特殊目的企业了，而是安然公司为实施其财务欺诈而精心设置的布局。

最常见的一种辩解的说法是，企业犯罪，咨询无罪，咨询顾问只是提出建议，采纳者和实施者应有自己的独立思考和行为能力。但在实际的商业世界中，在很多情况下，当企业出了高额的咨询费后，他们会完全相信咨询顾问的建议，只是从自己运营的角度考虑是否可以执行。至于咨询顾问的建议是否合法，企业通常不会再去费心研究，因为这完全是咨询顾问的职业范畴。在这样的情况下，安达信和安然的合作，这就是典型的教唆与实施犯罪的"双人舞"。

当年我在安达信公司为李奥贝纳广告公司（Leo Burnett Advertising Agent）做咨询顾问时，客户只关心方案中的业务计划，至于有关方案合法性方面的问题，客户总是把他们的内部意见原封不动地被转交我处理。客户只接受最终由我提交的可行性方案。显然，李奥贝纳广告公司很聪明，他们把法律责任交给安达信公司和我承担。

安达信在和安然的合作中，对这样的利害关系应该非常明白，但安达信从安然获得的咨询费每年高达2000多万美元，几乎达到了安然公司正常利润的一半，这究竟是为什么，从安达信和安然的所作所为中，我们已经能看得比较清楚了！为了提高"舞蹈"的技艺，安然公司用高额聘金，聘请了高级"舞蹈"教师，并最终和"舞蹈"老师共同跳了一曲"死亡双人舞"。

如果说安达信公司在安然公司最初设立Chewco公司时就劝阻安然公司，或提交安然公司董事会，揭示这种运作方式会很危险，也许Chewco就不会出笼，LJM1和LJM2更不会诞生。安然公司或许今天还依然健在。

4. 贷款变收入

贷款变成收入和利润,这对一般企业来说,简直是天方夜谭,怎么可能呢? 资金来源如何处理? 银行对账单铁证如山。有点财务知识的人都会清楚,这是不可能做到的。但是安然公司做到了,就是利用了特殊目的企业做到了。

具体的操作手法,正如前面所叙述的 Chewco 公司那样,他们以安然公司的股票(安然公司用自己的股票作价投资到 Chewco 公司,并占 Chewco 公司 95% 股份)通过英国的巴克莱银行获得抵押贷款,再用这笔资金去高价购买安然公司的资产,这样,贷款负债就留在了 Chewco 公司,而安然公司则坐收利润。事实上就等于安然公司用自己的股票做抵押,向巴克莱银行贷款,并把贷款通过财务游戏变成了收入和利润。

这样的账务,对社会公众投资人来说是无法发现的,因为不需要合并报表,如果不作披露,谁会知道 Chewco 公司与安然公司之间的关系呢? 但是,对担任审计任务的安达信会计师事务所来说,查清其中来龙去脉的关系,却是再简单不过的事情。如果会计师事务所连这样的事情都查不出来,或根本就不查,那么他们的审计报告对公众投资者和社会还有什么价值呢?

所以说一个个不可告人的勾当,就是在午夜敲更人的"平安无事喽"的吆喝声下隐蔽地实施了。

事实上,英国巴克莱银行多少应该清楚安然公司玩弄的花招,但他们之所以也眼开眼闭,因为他们有后退之路,贷款计划是由世界公认的财务公司打了包票的! 何况,安然公司的实力足以证明，他们的股票抵押贷款没有风险。银行乐见获得贷款的安然公司的股票价格节节攀升，作为抵押物的股票就更安全可靠。自然对他们来说，得罪安然公司这样的摇钱树，就是和自己过不去。在当时资金非常充裕的市场上，能有这样的航空母舰式的大企业来贷款，真是求之不得。

银行是非常私利的，当你有钱的时候，他们是捧着钱上门来求你使用他的钱，但当你没钱的时候，他们会毫不留情地上门逼债，一天一小时都不会恩赐给你，不容你周转。有人形容说，如果哪一天，巴菲特没钱了，一定会立刻被人抬着手脚丢出华尔街，一分钟都不会耽搁。资本社会就是这样铁面无私，冷酷无情。雷曼兄弟倒闭前，曾经有人提议，所有华尔街的公司大家出资，挽救华尔街的老四，但是大部分的公司都是为了眼前的利益，见死不救，眼看着雷曼兄弟一天天走向破产的深渊。更有甚者还大肆抛售雷曼兄弟的股票，纷纷伸手推倒雷曼兄弟这座已经倾斜的危墙。

1999年，安然公司为了填补自己的利润缺额，与美林证券设计了一项期权交易。安然公司将电力实物期权转让给美林证券，而美林证券将金融期权转让给安然公司。看似不同的期权买卖，而事实上就是玩了个数字游戏，为此，安然公司轻易地获得5 000万美元的利润，并且安然公司又一次转危为安，使自己的年度利润又达到了分析师的预期，安然公司的股票继续上涨。美林证券则获得了850万美元的利益。当然，真正的利润绝对不可能就靠玩玩数字游戏可以产生的，安然公司财务报表上的利润，相当部分是由其特殊目的企业的债务换来的。

我一直在思考，安然公司长年使用诸如此类的欺诈手段为自己虚构利润，但他们的欺诈行为为什么总能如愿得逞？这无疑是我们的社会有太多的帮凶，为他们提供了方便，而巡夜人的失职，更是有无法推卸的责任。

安然公司就是这样，通过各种方式，包括下面还要介绍的内部交易、自我套现等等手法，为自己创造了一个又一个的利润来源，同时又是将一大批贷款分散在外面。事实上这些做法的最终结果都是基本相同的，那就是将贷款变成了利润。多年来，安然公司能够始终让自己的利润符合或超过分析师们的预计，从而让安然公司的股票价格不断上涨，他们的秘诀就是利用特殊目的企业，将贷款变成利润。而且这样的做法随时可以实施，只要有需要，就可以做一笔。这就是安然公司神话的核心秘密。安然公司靠这种手法获得的利润越高，在外的贷款债务也就越多。

5. 左右手买卖的内部交易

任何一个企业，从小到大，它的增长率会逐渐减缓。因为随着它的扩展，运营成本和浪费现象，将不可避免地以比发展更快的速度在企业内部滋长。换言之，每多赚1%的利润，成本和费用的增长速度必定会超过，甚至远远超过1%。而且随着投资规模的扩大，投资失败的概率也会随之增大。所以回顾很多公司的发展史，往往在某个成长阶段，营业额和盈利虽然在增长，但利润率却停滞不前甚至出现下降。

安然公司也不例外，随着公司的迅速扩张，失败的投资项目也在不断增加，印度的电厂、英国的水处理厂等等，都让安然颗粒无收。这种情况下，要想保持年10%—15%增长显然已经是不可能了。但如果这个时候公司宣布下调业绩预期，那么公司的股票价格必将跌得很惨，并可能引发一系列不利的连锁事件，诸如信誉等级被调降，竞争对手则有机会乘虚而入等。这有可能使安然公司陷入一个痛苦的调整期，公司将不得不苦苦挣扎，以求生存。

这不是肯尼斯·雷和杰弗里·斯基林所能接受的前景，他们无法忍受安然放慢前进的脚步。作为能源王国的霸主，安然必须始终高昂着头，站在世界之巅！但殊不知雄心和野心虽只是一字之差，但成功和灭亡却是天壤之别。

通过Chewco公司，斯基林尝到了利用特殊目的企业（SPE）的甜头，通过设立一个个类似的特殊目的企业，并进一步通过资产转移，将债务全放到安然公司以外，而人为地为安然公司制造出大把利润来。为了便于财务做账，他甚至提出"虚拟资产"的概念。他认为安然公司可以不需要其他资产和负债了，把这些资产和负债全部转移到关联企业中，安然公司只保留利润和现金。

斯基林这一异想天开的念头，也启发了财务总监安德鲁·法斯托。后者不愧为美国CFO杂志1999年度评选出来的全美国最佳财务总监，通过这些特殊目的企业的账务处理，就为安然公司"创造"出几千万甚至几亿利润来。为了能更好地去施展他的才华，法斯托要在更小的范围里处理这些账务，更隐蔽地遮人耳目。

法斯托获得了公司董事会的特别豁免权，可以去担任其他公司的董事和总经理。一般公司都有限制性条款，特别是对公司的高级管理人员会有这样的限制条款：在本公司任职期间，不能兼任其他公司的董事或总经理等类似职务，这是为保护公司利益不受侵犯的安全措施之一。安然公司给予法斯托的特别豁免，就是便于他去成立和运作那些特别目的企业，通过资产转移和账务处理，虚增安然公司的利润。

从此，安然公司的一个又一个的特殊目的企业就这样诞生了。并且通过它们，安然公司向银行用自己的公司股票作抵押，或发放企业债券获取贷款,再将这些贷款变成利润转入安然公司。这简直就是像四处隐藏的老鼠仓,也像充满欺诈的赌博性的私人集资。不同之处在于,参与赌博的是各大银行,而不是个人。

这就像一个无底黑洞,安然公司需要更多的世界顶级银行参与其中。于是安德鲁·法斯托通过当时美国第三大投资银行美林证券开始筹办LJM2基金。

在"9·11"恐怖事件之前的纽约第一高楼——世界贸易中心大楼里,美林证券的大会议室被来自华尔街大小金融机构的代表们挤得水泄不通,安德鲁·法斯托在这里进行了一场LJM2基金的路演。LMJ2基金只买卖安然公司的资产,法斯托抛出的诱饵是高达20%预期的利润回报率,并且作为保障措施,交易双方都由他一手控制操作。当有人提出,如果安然公司和LJM2的利益发生冲突时怎么办?法斯托毫不犹豫地承诺:我是LJM2的股东,但在安然公司,不过是一个雇员,当LJM2与安然公司发生利益矛盾时,我将首先维护LJM2的利益。在这样的承诺下,有96家华尔街银行投资了LJM2基金,美林证券、大通摩根、瑞士信贷第一波士顿、高盛、花旗银行、德意志银行、摩根斯丹利等几乎所有的华尔街银行都参与其中。LJM2之所以吸引了如此多的一流投资机构,一则是安德鲁·法斯托的个人能力所致,但主要还是安然公司的名声正如日中天。大家知道安然公司的背景,知道安然公司的董事长肯尼斯·雷和首席运营官杰弗里·斯基林无所不能,任何不可能的事情到了他们的手里,都会变得可能。再次就是利益的驱动,谁不知道,只要和安然公司合作,经济利益是绝对的丰厚。这一点,安然公司的信誉在外,毫无疑问。

几乎是在同时,安然公司为了让尼日利亚的拉多斯(Lagos)项目尽快体现盈利,来显示安然公司对外扩张的成果,从而达到分析师们的预期目标，LJM2基金首先在安然的指使下买下了尼日利亚项目中的三艘驳船，然后又派出了高级经理，去美林证券进行试探性拜访，希望美林公司能够设法买下这三艘驳船，并承诺半年以后一定进行返购。美林证券对尼日利亚一点不熟悉，对驳船业务更不了解，但有了安然公司的承诺，美林证券毫不犹豫地以2800万美元的价格从LJM2基金手中买下了三艘驳船。事实上，美林证券根本连驳船是什么样子，在哪里都不知道，仅仅是转了一下账而已。利用这一虚假销售，安然公司当年的利润增加了1200万美元。半年以后，安然公司没有食言，他们兑现了回购承诺，将这三艘驳船的款打回了美林证券的账户，并且支付了丰厚的利润回报美林证券的合作。

美林证券非常清楚，安然公司在做虚假利润，安达信会计师事务所审计人员也一定清楚这是虚假销售，但利益驱使，谁都不愿伤害自己的"财神爷"。当安然公司最后破产时，美林证券也同样接受了国会陪审团的调查，在清楚的事实面前，美林证券无法自圆其说，只能认罪，并向美国证券交易委员会呈交了8000万美元的罚款。为洗刷公司的清白，美林证券把这一行为怪罪于员工个人行为，并解雇了当时经办的四名高级主管。但这不过是迟到的处罚。对公众而言，对世界经济体系而言，已经造成了无法挽救的损失！

当世界最大的财务公司之一的安达信会计师事务所和世界最大证券公司之一的美林证券，全部出马为安然公司的骗局鼓吹时，公众乃至政府的头脑，自然是很难清醒了！公众投资者和投资市场不会怀疑"太平无事喽"的敲更钟声，却不知世界金融市场不但不太平，就连口喊"太平无事喽"的守夜敲更人也在慢慢走向死亡。

6. 自我套现锁定期股票

一个谎言总是需要更多的谎言为之圆场，于是谎言复谎言，几个甚至几十个谎言就这样无止境地延续下去，直至最终破灭。

安然公司曾经在1998年3月以1000万美元认购了瑞斯曼斯（Rhythms Netconnect）的原始股票540万股，当时认购的原始股价每股1.85美元。一年后，正值美国网络科技股泡沫的顶峰时期，瑞斯曼斯成功上市，上市发行价为21美元，而上市第一天收盘价竟达到了69美元。遗憾的是，这些股票有五年的锁定期，安然公司无法立刻兑现。安德鲁·法斯托为了尽快兑现这一暴利，又玩弄了一次屡试不爽的花招。

为遮人耳目，法斯托先以他个人的名义，建立了一个LJM合伙人公司，并与安然公司成立了一个合资公司，取名为LJM1公司。安然公司以自有股票340万股入股LJM1，并获得LJM1的6 400万美元的应收票据。然后LJM1公司通过花旗银行用安然公司的股票抵押贷款，将贷款资金去购买安然公司拥有的瑞斯曼斯公司540万股的股票期权，作价每股56美元。这些股票到2004年6月才能正式成为流通股票。

当然，法斯托并没有用LJM1公司直接向安然公司购买瑞斯曼斯公司的股票期权，这样太明显。他又成立了一个他自己的个人公司LJM s，让LJM s公司作为发起人公司与LJM1公司合资，生成一个新的子公司LJM s sub，由这个新的子公司再向安然公司购买瑞斯曼斯公司的股票期权。

事实上，安然公司用自己的银行贷款购买了自己的股票期权，把贷款债务留在安然公司的财务报表以外,记到了它的特殊目的企业(如LJM1)的名下,又通过其他特殊目的企业(如LJM s sub)把这些贷款转进了安然公司,但这笔资金回到安然公司时,贷款已经变成安然公司的收入了。

当美国网络科技泡沫破裂以后,瑞斯曼斯公司破产了,股票也成了废纸。安然公司是用贷款给自己提前制造了一个巨额利润。然而,当年所创造的利润最终也成了自己墓地上的一抔黄土。请看以下复杂的运作示意图,就可以一目了然。关键是以下图表中粗体字部分的交易,却搞出了这么复杂的一个多公司的架构,而所有公司都是由安德鲁·法斯托本人在运营。

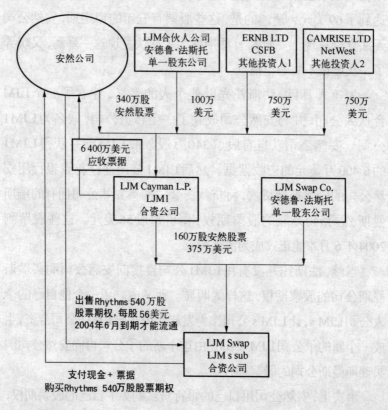

7. 加州电力交易黑幕

当然，安然公司也并非完全不会盈利，稳定的天然气市场和正常的能源交易都给公司创造了不菲的收入，只是这些收入已经到达了一个相对的极限程度，远远跟不上安然公司迅速扩张和发展的要求了。

安然公司的暴利主要来源于安然公司的期货交易。安然拥有庞大的期货交易系统和高级的交易员，他们是全世界顶级的操盘手，完全控制着世界能源交易市场。从早期安然公司对"瓦尔哈拉丑闻"的处理就可以看出，公司对期货交易员有一种特别的宠爱。期货交易员是公司里的创收大户，全公司的利益都靠着他们。所以，安然公司里的交易员个个都牛气冲天，几乎就像黑社会中的帮派团体，可以无视其他部门的存在，无视他人的尊严，在公司里为所欲为。

一天，行政部的一位女员工穿着性感低胸的上装走进了办公室。一位期货交易员看见了，他立刻回到自己的办公室，向他的临座同事绘声绘色地描述了一番。这位同事听完后，悄悄地离开自己的座位，去了行政部。等他回来时，鬼鬼祟祟地向最初告诉自己这一新闻的同事说："我们打个赌怎么样？"

"赌什么？"

"我敢把咖啡倒在她的胸衣里，还要让她笑！"

"怎么可能？"

"100美元，怎么样？"

"OK，一言为定！"

中午休息的时候,行政部办公室那边突然发出一声小姐的尖叫,然后只见那位交易员匆匆忙忙回来,拿了件自己的T恤衫跑了出去。后来公司里就传出,那天不知道谁把扫把横倒在走道旁,绊倒了交易员,不巧行政部的女同事刚好路过,交易员手里的咖啡就全倒进了小姐的胸衣里。后来,行政部小姐整个下午都是真空穿着交易员的大T恤衫,在办公室里晃悠,一时成为公司里的一大笑话,沸沸扬扬地在全公司流传了好几天。

据说行政部小姐居然没有生气,两天后,还把洗干净的T恤衫整整齐齐地叠好,还到了交易员手里。整个安然公司也只有这两位打赌的交易员心里最明白,这完全是他们即兴导演的一场恶作剧。整个安然公司也只有这样的交易员敢如此无法无天,为所欲为。

加州电力市场的开放,给负责安然公司在美国西海岸的所有能源交易的提姆·贝登带来了极好的机会,作为一个天才交易员,终于等来了可以充分发挥他作用的时候。肯尼斯·雷也曾自豪地对外界说:无论加州电力市场监管的立法有多严密,安然公司那一群高智商的骨干,都能够想出赚钱的对策来。提姆·贝登肩负着美国西海岸能源交易的重任,他的确没有辜负董事长的期望,在用心研究了加州能源管理的新法规之后,贝登找到了为安然公司赚钱的门道。

贝登的做法是,首先将加州电力的输入输出情况了解得一清二楚,然后通过各种手段,把各电厂牢牢控制在交易员手中。接着,又与电厂相互勾结,人为地制造了电力紧张的状况,以及多起停电事件,使市场的电力价格完全控制在交易员的手里,要涨就涨,要跌就跌。电厂的内鬼当然通过这些见不得人的勾当,也尝到了不少的甜头,只不过他们的所得,无论是金钱或美女,比起安然公司的暴利来,还只是小巫见大巫而已。

提姆·贝登一直认为,好的交易员必须要有自己的创意,必须要能够独立创造并把握令人眼花缭乱的交易机会,当市场内外其他所有人都看不懂的时候,也就是可能谋求自己最大利益的机会,至于社会和他人的利益,则根本不是需要考虑的问题。所以他手下的交易员个个都是赚钱高手,但也人人心狠手辣。

在众多的交易手法中,提姆·贝登团队中最常利用的黑幕交易之一就是"回马枪"。他们当加州电价在低位时,交易员们就有目的地买入电力,然后再卖到其他州去,故意制造出加州用电短缺的现象,引起电价上涨,一旦时机成熟,他们就再把电从其他州转回加州,销售给最终用户。事实上,这些交易中的电力可能根本就没有离开过加州,只是其所有权转移到了加州以外。安然公司的交易员是整个能源交易市场上最精通这种将电力来回倒卖手法的人,并利用这种伎俩赚取了大量的资金。交易员每12小时一班,就是忙于将西部的电力搬进搬出,从中赚取暴利。

他们的另一种常用手法就是勾结电厂,人为地停电,制造用电紧张的局面。比如当市场电力供大于求时,赚钱效益不高,交易员就会打电话给电厂,要求他们临时停电。在安然公司丑闻败露后,国会调查组拿到了当时交易员和电厂的电话录音磁带,证据显示,停电事件就是在电话里的三言两语中决定的。

"现在停电可以吗?"

"没问题,设备需要检修了。"

"好,那就停吧。"

"停多久?"

"3或4小时可以吗?"

"OK!"

电厂人员早已得了安然公司交易员的好处，当然也就完全听从后者的指挥，三家电厂同时维修，停电几个小时，结果让加州的电价一天内上涨了30%多。深受其害的自然是最终用电的生产性企业和普通老百姓。

后来其他地区的交易员也如法炮制，加州的交易员还为此专门去电话骂他们：笨蛋，你们能不能有点创意，搞点不同的理由来玩好吗？美国第一大州连续发生停电事故。甚至在冬天，只有夏季一半用电量时，也发生停电事件，人们甚至认为，加州将面临电力缺乏的危机。这种人为制造用电危机，使社会大众利益受损，自己却大发横财的行径，一经披露，全美上下，无不恨之入骨。

这些交易员们把能源交易当作为自己攫取暴利的赌局，根本不顾市场运营的正常秩序，一味试图把加州的电力交易玩弄于自己的手掌之中。更有甚者，夏季本就是用电高峰，2000年之夏，加州又遭受到超高温袭击，100多华氏度的气温，使本来就超负荷输电的线路起火燃烧，这时在空调房内操盘能源交易的交易员们却在狂叫："烧呀宝贝！烧呀，今天真是太奇妙了！"因为他们清楚地知道，线路着火将引起电力紧缺，这意味着操控交易、乘机涨价的机会又来了。那一刻，全加州的人民都在担忧加州的电力是否会崩溃！有人说，百年前爱迪生创办的电厂，一向都有着非常可信赖的名誉，如同政府企业一样，始终以合理的价格输电给消费者，现在怎么忽然也变成了赌徒？

安然公司就是利用人性中最黑暗的一面，去为自己获取最大化的利益。安然公司西海岸的交易员，在当年的电力市场上，每人赚取了数百万美元的利益，安然公司则赚取了将近20亿美元。在安然公司的加州庆功年会上，就有加州居民高举标语牌，冲进会场表示抗议。他们指责安然公司不顾百姓利益，是百姓的吸血鬼。

　　暴利不断的加州的电力市场，成了安然公司会下金蛋的母鸡。当任何人质疑安然公司哪里来那么多利润时，他们总是自豪地拖着长音说："加—利—福—尼—亚！"加州电力交易的盈利，也在很大程度上掩盖了安然公司在其他项目上作假和进行财务欺诈的行径。

　　事实上，在安然公司的扩张进程中，那些动辄几十亿美元的投资以及在全球开采天然气的项目等几乎全线亏损。安然公司的财务状况实际上正在走下坡路，但其当年的增长预期却高达10%—15%，为了维持公司的信用等级以便在资本市场上更多地获取贷款以及发行债券，安然也只有毫不犹豫地坚守自己的股价阵地。

　　但安然公司的实际经营状况，根本达不到预期目标，杰弗里·斯基林唯一的方法也就只有继续弄虚作假。他太相信自己无所不能的力量了，认为只要熬过这次，下一季，下半年，下一年，自己一定可以用一个金点子，把所有的亏损都赚回来，自己一定会等到一个扭转乾坤的机会。

　　这个时候的斯基林在心态上已经和一个准备掏出兜里的最后一元钱的赌徒完全没有区别，他指望着赌场里用最后一元钱翻本的奇迹会再度落到自己的头上。在他看来，自己是无所不能的天才，上帝既然创造了自己，就一定会让自己——这个上帝的宠儿成就一番伟大的事业。

8. 欲望与堕落

　　当人有了权力，可以制定政策的时候，他会感到他有高人一等的力量，超越他人的神力。比如当安然公司在英国的埃瑟里克斯水处理公司正与当地的竞争对手进行商业较量时，出自英国政府的调整水价的政策，确定了竞争双方谁输谁赢。如果说这样的权力可以被利用，可以被收买，那么权力就等于利益。如果把这样的权力再放大到可以决定别人的生死命运，就像传说中的天神那样，他的手指向哪里，不是彻底毁灭就是兴旺发达。

在私有制社会里，物质生活是人类生活基础。有人说钱是万能的，钱可以买到权力，或这权力不在自己手里，但钱可以让有权的人为自己服务。钱可以让你享受一切你所需要的物质生活，旅游五星级豪华宾馆，贴身管家的服务，私人飞机，私人游艇，上天入海，可以雇佣文人画家为你作画，可以雇佣擅长花言巧语的人物给你说好听动人的话，可以找青春靓丽的小姐做花瓶。据说有些老板就是这样，并不在乎生意的大小，并不企求员工什么服务，也不要秘书小姐做自己的情人，他们仅仅把员工当宠物，最后留在身边的都是自己最喜欢的人员。聊天解闷，犹如观赏一缸七彩神仙鱼。

性爱和权力和钱一样，既能又不能完全满足人的生理和心理的需求，所以就成了第三大最有诱惑的破坏力量了。有人问过，为什么大人物的风流韵事特别多，一方面大人物是公众人物，他的事情别人容易关心和关注，比较容易公开化。另一方面，某些大人物的性欲，也许确实比一般常人更加旺盛一些。

随着安然公司业务的发展，杰弗里·斯基林团队里，核心人物的权力也都得到了恶性膨胀。他们的坏毛病，哪怕是个人欲望上的毛病也开始膨胀，这在一定程度上为公司的垮台也埋下了祸根。

马克斯·艾伯特（Max Eberts）是斯基林得力的干将之一。艾伯特受杰弗里·斯基林赏识，主要因为他冷静稳重。此人外表平平，戴副眼镜，说话轻声轻气，慢条斯理，貌似一个胆小怕事的人。但知道他的人谁都清楚,他是个心狠手辣的家伙,任何心思都不外露,甚至当他要将对方置于死地的时候,他还是会与平时一样,毫无表情地听对方说话。他有对付敌人的特异功能,而且计划周密,再狡猾的对手都会败在他的手下,当被马克斯·艾伯特击倒的时候,他们甚至连自己是怎么会"死"的都不知道。所以斯基林赋予他"冷面杀手"或者"洲际导弹"的称号。只要他决定的事情,斯基林一般都会放任他去执行,哪怕他要"杀人",斯基林也会相信,他一定有足够的胜算。

马克斯·艾伯特在安然公司内部真是个神秘人物。平时你几乎看不到他的人,在安然公司七楼有一个很长很长的大办公室,用一长排玻璃墙与走道隔断,这就是艾伯特的办公室。大家几乎看不到他在办公室里办公,但却可以感觉到,他无处不在,每当关键的时候,他就会神不知鬼不觉地及时出现在你的面前。他对一般的事情毫无兴趣,连眼皮都懒得抬一抬。他只对两件事情情有独钟。一是数字,他说数字代表一切。数字可以说明一切经营状况,但当他一旦达到了经营目标后,就对该经营项目甚至该经营公司不感兴趣了;二是女人。他虽然已有家室,但他每天下班,都要叫上几个年轻小伙子去夜总会看脱衣舞,和脱衣舞娘调情。在美国,脱衣舞厅不是色情场所,脱衣舞也不是色情活动,而是一种艺术表演,展示人体优美的造型。然而,夜幕下的脱衣舞场到底经营着怎么样的服务,大家谁都心里清楚。脱衣舞娘可以在你面前脱得一丝不挂,并且可以肆意地碰你,但客人决不能碰脱衣舞娘,否则那些两三百磅重的巨人保镖,随时都可能出现在你面前,像老鹰抓小鸡一样把你扔到大街上。

马克斯·艾伯特喜欢把脱衣舞娘叫到贵宾房,以额外的小费吸引脱衣舞娘为他们单独表演,他还经常把钱含在嘴里,引诱脱衣舞娘用她们丰满的乳房去夹取含在他嘴里的美元，他则借势把头深深地埋进脱衣舞娘的乳沟里，脱衣舞娘们常常以一阵阵淫笑回报他的小费。艾伯特没有动手，所以也就不会被扔到大街上。他还喜欢在脱衣舞娘面前吹嘘自己，显示自己的权力，希望受到女人们的特别尊重。可惜他外貌太平庸了，一点没有男子汉的味道，脱衣舞娘们笑他瞎吹，根本不相信他是有权有势的安然公司的高管，反而在他面前摆谱，吹嘘自己迎送达官贵人们的经历，显示她们心底的高傲。

马克斯·艾伯特心胸狭窄，为此心里非常郁闷，他以为只要肯花钱，就可以对这些女人为所欲为，事实上他难以征服这些脱衣舞娘们的心。后来他干脆把脱衣舞娘带到了自己的办公室里，向她们展示了他宽大豪华的办公室，脱衣舞娘惊呆了，一下子扑在了艾伯特的怀里，献上了热烈的吻，为自己有眼不识泰山赔不是。他们在办公室里肆无忌惮地鬼混，在这里没有人能把艾伯特扔到大街上。

艾伯特在脱衣舞娘身上花了很多钱，但不要以为他会慷慨地自掏腰包。他在脱衣舞娘身上的全部花费，都作为公关费用，报销在安然公司的账上，让安然公司的股东为他埋单。和他同去夜总会的一个小青年开玩笑地问艾伯特：你和我们单身小青年不一样，你回到家里，一身脱衣舞娘身上的香水味，你如何向你的老婆交代呀？马克斯·艾伯特说：我有一个秘诀，就是快到家时，我去加油站加油，汽油味可以中和掉身上的香水味。小青年说：那么你老婆会不会怀疑你爬到加油站小妞的床上去了？大家哄堂大笑。不知天高地厚的小青年，万万没想到自己的一句玩笑话，已经冒犯了这位公司的权贵。两天以后，这个冒失开玩笑的小青年就被发配到了加拿大一个很冷很冷的边远城市去工作了。这就是艾伯特"冷面杀手"的淫威。

我们花了许多篇幅来描绘这个人物的见不得光的丑事,是想揭示一个道理:很多伟大的事业的垮台,看来是一些偶然的因素造就的。其实,这些偶然的因素,在事业蓬勃发展的时候,已经埋下了根子。杰弗里·斯基林的成功,在于他敢于使用一批具有冒险精神的能人,而最后毁灭一切的也正是这些放肆的家伙。

有一天,大家突然发现,能源服务公司的执行长官已经不是马克斯·艾伯特的时候,才知道,他已经离开了安然公司,临走时卷走了公司2.5亿美元(还有人说是3.5亿美元)。而他的部门却损失了10亿美元。他把安然公司的股票全抛了。据说他和他的老婆离婚后,娶了脱衣舞娘,到一个神秘的地方去了。艾伯特是真正从安然公司获利的人,他见好就收,落袋为安,事事都给自己留好后路,进退自如。后来当他在科罗拉多州再度出现时,已经成了当地的第二大地主。

至于杰弗里·斯基林,他毕竟是安然集团公司的首席运营长官,不可能像马克斯·艾伯特那样随心所欲,但他是个真正的权贵,他可以征服任何一个他想要征服的人。

慢慢地安德鲁·法斯托才发现,自己并不是第一个发现斯基林与丽贝卡·卡特私情的人,事实上,公司里的人大都知道他们的事情了,甚至有传说,丽贝卡·卡特的丈夫已经搬出家里,正准备和她离婚。杰弗里·斯基林的婚姻也出现了危机,他和大学同学苏珊·隆(Susan Long)于1975年结婚,婚后生育了三个孩子,这段婚姻一直维持了22年。因为与丽贝卡·卡特的偷情暴露,斯基林于1997年和苏珊·隆正式分手。

丽贝卡·卡特来安然公司之前是安达信会计师事务所的审计师,是否是斯基林对她一见钟情,才把她挖过来的,安德鲁·法斯托无法知道。但是，斯基林对安达信的会计师们特别钟爱，是人所皆知的。也许，他把自己的私情，也与事业的野心挂上了钩。他希望通过情人来控制安达信会计师事务所的审计团队。

9. 守夜钟声为何没人敲响

"哒……哒……哒……平安无事喽……"安达信会计师事务所依然在为安然公司年复一年地提供审计服务，签发无保留意见的审计报告，向社会公众投资者敲着更，报平安。

安然公司的这些黑暗内幕，如果不是后来被揭露出来，一般公众投资者是永远不可能知道的，美国证券监管会及美联储，也可能难以知道底细。因为安然公司犯罪的手法是很隐蔽的，还有那么多超级大银行，和世界顶级会计师事务所签发的审计报告为他们做掩护。

人们总是说美国的证券市场是成熟的市场，但看看这个世界最大的能源公司，美国连续六年被评为最具有创新力的公司的内幕，我们不禁要问，成熟的市场为什么也无法监管这些黑暗呢？所以说，美国的市场机制，我们可以借鉴，但全世界都会有社会的阴暗面，哪里都会有监管不力的时候。关键的问题，是政府如何加强建立适合国情的监管机制。

美国的金融市场，经历了1929年的大崩溃，2000年网络科技泡沫，接受了百年历史的经验教训，还会出现当今的金融海啸，并且殃及世界各国，我也一直在想，问题到底出在哪里？贪婪的人们制造黑幕自然可恶，但是我们无法根本灭绝贪婪的人群，就像自然界，无法消灭田鼠一样。那么如何将这些贪婪的人们所制造的黑幕罪恶行径,限制在尽可能小的范围内?政府的监控系统中,如何让守夜敲更的人,不是闭着眼睛瞎乱敲更,胡乱高喊"平安无事"呢?

众所周知,在现代社会,政府扮演着社会守夜人的角色。但是,如果认为政府万能,什么事情全能洞察到,那就太天真了。政府的力量肯定有限。在复杂的金融领域,在利益巨大的资本市场,政府需要有人来警示问题。或者说,要有人来作为敲钟守夜者。

想来想去,我觉得会计师事务所的会计师们,应该是最合适的守夜敲钟人,他们不是警察,但是,他们了解情况,区域内那家的窗户没有关好,那家的主人不在家,什么时候要起风下雨了,那家人有上夜班未归的,那里的路灯坏了,那里是最不安全的地区……他应该及时地将这些问题提示出来,让执法人员重视,共同监管区域内的治安问题。让大案、要案、恶性案件降低到最低程度,那么整个社会的安全才有可能得到保障。

世界"六大"会计师事务所之一的安达信公司卷入安然公司的欺诈案之中,那么中国的会计师事务所怎么样呢?其实,大部分的会计师事务所都受到利益的驱使,或多或少地为企业粉饰过财务报表,因为会计师也是人,也要为生存而工作。他们不可能不为利益所动。如果简单地要求会计师们铁面无私,那么会计师事务所就有关门的危机,就会像安达信公司开创初期那样,几乎到了无法维持的地步。但是,挺过难关,创出了自己完全独立、公平公正的牌子,中国必将会有自己品牌的会计师事务所。

如今有实力的中国公司和中国投资者大有人在,如果有闲置的资金,我将建议去投资一家中国的秉承亚瑟·安徒生当年信念的会计师事务所,不要求眼前盈利与否,只为了创造公正的品牌,没有公司来委托也没关系,要有长远的眼光,坚持下去,总有一天,社会也会像当年美国民众呼唤亚瑟·安徒生和他的会计师事务所那样,要求企业必须经过这样公正的会计师事务所审计,其财务报告才能通过股东大会的审议。

我也曾设想,能否把会计师事务所的审计工作,纳入政府的行政工作之中,就像公证机构一样。所有的审计费用按公司的注册资金明码标价,统一收费,而不是像现在那样,会计师事务所和企业自己讨价还价,双方任意约定一个审计费用。这样一来,企业就无法将行贿的钱,堂而皇之地以审计费形式合法化了。而政府在对企业年检的同时,收取一定的审计费用,当企业有特殊审计时,会计师事务所再向政府申请特殊审计的经费,弥补统一收费的不足部分。这样就把审计的商业行为,变成政府行为。

事实上,审计本身就是和公证机关一样,是对企业的财务报表做一个公证。审计工作具有政府希望的专业性和技术性。这样做,肯定更有利于政府对企业的监督管理,有利于政府对各行业发展动向的了解。

当然,这会给政府工作增加压力。毕竟政府削减自己的预算,是一种必然的趋势。但社会期待着,中国的世界一流会计师事务所能够早日诞生!早日让人们看到合适的守夜人敲出让人信赖的守夜钟声。预防金融海啸偷袭中国大地!

五、集体性疯狂

安然公司从世界各大银行获得的贷款,数额动辄几亿、几十亿,甚至几百亿美元,值得引起人们注意的是,当安然公司的财务已经出现问题的时候,它依然能够获得大量贷款,但这仅靠安然的一己之力恐怕还很难得逞,事实上,安然代表了一个利益共同体,

安然大厦

正是它们多角色多层次地联手操作才能得手。

安然公司的高层，有比较过硬的政治背景，甚至可以很大程度上操纵政府对能源企业的监控政策，这使得很多企业行为的实施比一般公司容易得多。安然公司的大量的贷款和内部交易，是银行和其他财团为安然公司设计并实施的。一些曾在中国出现过的私人集资案与此也有一定程度的类似，以高额回报为诱饵，吸引私人集资。但安然案例的不同处在于，参与安然"集资"（贷款如同集资）的是各大银行。

各大银行不仅是"集资人"，而且是"集资"利益共同体的成员之一。银行自认掌握着安然公司的股票作为抵押，因此贷款给安然公司的特殊目的企业本身非常安全。银行然后再帮助安然公司的特殊目的企业，将贷款变成安然公司的贸易收入，转入安然公司。在银行的立场上，贷款的资金并没有蒸发掉，仍然在安然集团公司的大循环体系中，并且还为安然公司增加了账面利润，使安然公司的股票价格可以持续上涨。

乍看之下，这些方法堪称高明，安然公司在利益共同体的协助下，似乎发明了一个能量无限循环的利润"永动机"。在市场经济中，巨大的不当利益，是驱使人变成鬼的原动力，利令智昏，再聪明的人也可能在利益的驱使下走向堕落。

银行的贷款不但没有风险，而且可以获得高额的经济效益。我们不禁要思考，以数据形式呈现在公众面前的财务报告，是企业经营状况的真实反映，还是人为编造出来的画皮？一个回避不了的事实是，很多企业都有两本账，恰恰尴尬而充分地说明，通过审计的账大都为了逃税之类上不得台面而人为地修饰过。律师们钻研如何在财务报表上玩弄文字游戏，他们使用的语言表述，不是为了让公众看懂，反而以如何让公众看不懂为能事，达到躲避法律责任的目的。

1. 花旗银行 (Citigroup)

在安然公司的利益共同体中，怂恿并支持其虚假销售，将贷款变成利润的最大帮凶，应该算是花旗银行和J.P·摩根。

银行自认为掌握着安然公司的股票作为抵押，给安然公司的特殊目的企业发放的贷款就非常安全。然后他们再帮助这些特殊目的企业，将贷款变成安然公司的贸易收入，或者将贷款变成了特殊目的企业的预付款以及采购的应付款，转入安然公司。

钱并没有在任何人的眼皮底下蒸发掉，从账面上看，资金是从A公司到B公司到C公司——最后直至外人搞不明白的Z公司，如此多层次公司的流转，账面中存在的问题极难被揭露。而石油、天然气等其他能源的商品，则是反方向流转。过一段时间，这些钱又从Z公司——C公司到B公司流回到A公司，商品也又沿着其原先

花旗银行纽约总部

的路径,反向运作流回到原来的公司。至于实际的货物,其实还是放在原来的仓库里,根本没有挪过半步。

著名的花旗银行曾经为安然公司虚增纸浆业务的利润,专门设立了巴库斯(Bacchus)公司和桑德斯(Sundance)公司这两家特殊目的企业。从1997年开始,安然公司最大的单笔现金收入都是此类贸易的预付账款。1997年一年内,花旗银行就为安然公司做了60多笔预付账款的交易。

为保证这些贷款的安全,有些安然公司的特殊目的企业还是花旗银行为之设立的,这些企业的运作或转账都掌控在花旗银行的手里。约塞米蒂(Yosemite)公司就是其中最典型的例子。这个公司无论从名义上还是实质上都是安然公司的特殊目的企业,安然公司承担其一切债权和债务风险。但该企业的设立者却是花旗银行,其实际运作(当然只是资金运作)也完全操控在花旗银行的手里。因为涉及天量资金的非正常运作,或许花旗银行认为这样运作比较踏实。其实,只要是非法行动,看似合理、周密的计划也是在犯罪。

花旗银行非常清楚,安然公司的贷款资金已经十分巨大,再直接贷款给安然公司,显然不太合适。所以花旗银行采取的做法是,为约塞米蒂发放债券,通过市场取得融资,并把这笔巨额资金支付给三角洲公司(Delta),资金最后由三角洲公司与安然公司所进行的能源交易转入安然公司,奇迹般地为安然公司创造了利润。

这家三角洲公司也不是一个真正的经济实体,它是花旗银行设在开曼群岛上的一个特别的转账公司。这似乎是黑社会才会做的洗钱性质的勾当。但是,它确实是堂堂的世界级大银行的行为!

在很长的时间里,安然公司通过其他投资银行,以相同的手法,从资本市场获得资金,既为自己虚增了利润,又可以让花旗银行进行一次反向操作,把约塞米蒂公司的债务处理干净。当然,花旗银行由此还获得了可观的手续费。

在物理学上,"永动机"是早已被否定的事物,但世界上还是有人孜孜不倦地在想方设法创造"永动机"。只要事情不败露,金融机构会觉得自己很安全,因为它们握有安然公司的股票抵押担保。这样的人为的资金流转,钱没有蒸发掉,仍然在安然集团公司的大循环体系中,但安然公司的利润增加了,于是,安然公司的股票又可以继续上涨,看似创造了一个能量无限循环的利润"永动机"。世界大银行的管理层认为银行的贷款不但没有风险,而且可以获得高额的经济效益,何乐而不为呢?巨大的不当利益是驱使人变成鬼的原动力,再聪明的人也可能利令智昏。

但我们仔细分析,就可以发现,各大银行认为钱在安然公司这样的循环中没有蒸发掉,其实是大错而特错。试问,银行的利润从哪里来,律师和会计师们的利益又从哪里来?事实上,经过这样的循环以后,安然公司支付给利益共同体各成员的经济回报,加重了安然公司自身的债务。这个债务不断增加的过程,就是最后"炸毁"安然公司的能量积聚过程。

以上情况,如同私人集资案中集资者支付出去的高额利息一样,利息累积将达到可怕的数量,总有一天,集资者将无力维持日益加重的债务,不得不走向破产。

至于安达信公司,作为长期为安然公司提供审计服务的权威财务机构,对这些虚假往返交易的黑幕应该非常清楚。但安达信的态度和那些银行如出一辙,为了"黑天鹅"能经常到它们的窝里去下"金蛋",所有的人都呵护着这只会下"金蛋"的"黑天鹅",希望它能长命百岁。

为了维系以安然为中心的这个利益共同体,杰弗里·斯基林和安德鲁·法斯托也是想尽了办法。无论安然在业务上遭受到多大的亏损,他们总是首先要确保各大银行的利益,以树立自己的信誉。因此,在大家的眼里,安然公司始终保持着非常守信的企业形象,一个电话,一句口头承诺,都如同签订了白纸黑字的合同一样,不折不扣地履行义务。而且利益均沾,人人有份,每一个环节的经办人都会得到不同程度的好处。所以,银行、会计师事务所、大小律师等等,只要为安然公司提供服务,人人都很高兴。

斯基林将他的激励机制发挥到了淋漓尽致的地步。不仅仅在安然公司内部,更是广泛地应用到了相关的各个利益共同体中。他坚定不移地相信,人是相同的动物,都有人性最黑暗的一面。只要让这些黑暗的东西戴上漂亮的假面具,而且这漂亮的假面具一点都不让戴面具的人感到别扭,并且别人无法识破这假面具时,那么人性的黑暗就可以随心所欲地招摇过市。

花旗银行和J.P·摩根,还为安然公司发行了大量的企业债券,发放了大量的贷款,这些债务大都分散地放在安然公司在全世界的3000多家关联企业之中。

2. J.P·摩根 (J. P. Morgan Chase)

这里有必要先介绍一下所谓的辛迪加成员银行,它是银行间的一个合作团体,名字来源于法文,规模达1万亿美元。就像联合担保一样,当辛迪加成员银行中任何一家银行获得一笔很大贷款业务时,它可以把这一贷款业务向所有辛迪加成员银行推荐,让大家一起分担该笔贷款,所有参与分担贷款的银行享有相同的利率和费率的标准，以及相同贷款期限和应尽的义务。

当时，J. P·摩根是辛迪加成员银行中的老大，它拥有32%的辛迪加成员银行的份额。而J. P·摩根也是安然利益共同体中重要的一员。

安然公司如同市场投资者常做的那样，并没有把金蛋只放在一个篮子里，而是让利益共同体扩大，并造成各家银行相互比较、相互竞争的局面。这样，安然公司才能显示其能量巨大，使所有的银行都争相为安然公司提供贷款。安然公司就在其中如鱼得水，更加自由自在。

类似花旗银行为安然公司设置的约塞米蒂公司一样，安然公司让J. P·摩根也为安然公司设立了特殊目的企业，如马霍尼亚公司（Mahonia）。

时间临近安然公司即将破产前夕，J. P·摩根感到事情严重，给安然公司的贷款已经大部分无法收回。于是，J. P·摩根决定利用辛迪加成员银行，让大家来分担其债务。

由于J. P·摩根是辛迪加成员银行的老大，其他辛迪加成员银行对其信誉和业务能力都毫无怀疑，由J. P·摩根发起，很多辛迪加成员银行都纷纷参与了最新一轮对安然公司的贷款。在贷款中，J. P·摩根作为和其他辛迪加成员银行一样的放贷者，看似都将成为安然公司的受害者，但事实上，安然公司把所有其他辛迪加成员银行放出的贷款用于归还J. P·摩根先前的债务，还给了J. P·摩根。

终于，安然公司的股价开始暴跌了，远低于当时抵押贷款时的作价，安然的债券也将成为废纸，这当然惹怒了很多辛迪加成员银行，它们纷纷起来指控J. P·摩根，批判其不道德的行径。但是，谁也拿不出J. P·摩根与安然公司合谋的证据，只能指控J. P·摩根没有做好尽职调查。最后，许多小银行放弃了继续追究J. P·摩根的责任,因为它们惹不起辛迪加成员银行的老大。

但不管玩了多少花招,J.P·摩根毕竟陷得太深,它在安然事件中大概是损失最为惨重的一个,其中无法收回的直接的贷款损失就高达26亿美元,为安然公司债券发行的担保损失约合4亿美元,相关的法律诉讼和律师费用也高达9亿美元,并且注销了数亿美元的无担保债券,因为这些债券已经根本无法履行了。

类似J.P·摩根这次的损失,在华尔街历史上,几乎所有的金融机构都遭遇过,因为过分贪婪而导致亏损,甚至让自己遭受到了灭顶之灾。而在民间也是一样,在很多私人集资案中,出资人被高额的利息所吸引,尝到一点甜头以后,将自己的血汗钱全都砸了进去,结果被蓄谋已久的集资人统统席卷一空。

初涉赌场的人大都有相同的经历,小赌或许时常赢一点,而一旦沉迷其中不能自拔时,最终必然输到倾家荡产。贪婪的华尔街金融大鳄们都有着高超的"赌技",为什么也会屡屡败北呢?就连显赫一时的雷曼兄弟也没有例外,在金融风暴中赌光了158年积累的家业!

3. 从州长到总统

老布什离开白宫以后,小布什(George Walker Bush)开始了向白宫进军的计划。

1994年,小布什参加了得克萨斯州长的竞选。当时他的主要对手是在位的民主党女州长安·理查德(Ann Richard)。尽管小布什使尽浑身解数,四处奔走游说,但到正式投票前,根据民意调查,安·理查德的拥护率仍远远高于小布什。小布什的败阵几乎已是板上钉钉,当时的政治观察家们都已经下了结论性的评论:本次竞选胜败已定,小布什唯有于1998年卷土重来。

然而,布什家族并不甘轻易言败,以老布什的政治经验及深远的政治关系网,突然网罗到了安·理查德的致命软肋,当务之急,是要尽快把安·理查德的问题大肆扩散出去,在各大选区造成广泛的影响。

但最后的投票日已经迫在眉睫,一般的宣传造势活动几乎已经难以产生足以翻盘的影响,可深谋远虑的老布什坚信自己手中"重磅炸药"的威力,这位身为前总统的资深政客,指点自己的儿子必须孤注一掷!

要在短时间内做到这一点,就需要经费!小布什立刻转向了他父亲的忠实支持者——肯尼斯·雷。肯尼斯·雷当然不会放过这一天赐良机,立刻慷慨解囊,出资146500美元作为小布什在州长竞选日当天进行游说的特别经费。这相当于他的对手安·理

老布什

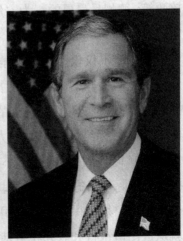

小布什

查德的全部赞助经费的7.5倍。

金钱让小布什的竞选活动重新掀起了高潮，当年的选情变得扑朔迷离。竞选结果公布，小布什竟奇迹般地以得票率53.5%对45.9%的微弱优势突然反超对手，成功当选。这也为他2000年当选美国总统奠定了基础，使小布什达到他政治生涯顶峰的时间，提前了至少整整四年。

小布什在政坛平步青云，自然不会忘记肯尼斯·雷的功劳。肯尼斯·雷和布什家族的关系，也达到了一个新的高度。

1995年2月，刚刚上任德州州长的小布什，很快便任命帕特里克·伍德为得克萨斯州公共事业委员会主席。此君一向支持撤消能源管制制度，并且还有国务卿詹姆斯·贝克(也是安然公司的顾问)在背后撑腰。他的上任，使安然实现能源自由化贸易的进程大大提前了。

1995年9月德州参议院就通过了SB373条款，这项条款也被称作为"开放州电力市场"的条款。在美国，对能源市场实行开放政策，德州是最早的。为安然公司后来的崛起，打开了自由的窗口。

小布什不仅仅大力支持能源贸易自由化进程，还实行了海外投资退税政策。1997年3月，肯尼斯·雷在给小布什的信中提到：希望政府能对投资海外的公司给予出口信用担保和贷款担保。这一目标经过多年的努力，终于有了结果。2000年6月30日，纽约《时代周刊》刊登了小布什的批复：为促进在发展中国家投资的国际项目的发展，美国联邦代理机构应给予像安然这样的公司出口信用担保。安然公司手握尚方宝剑，在以后的几年里，就从进出口银行和联邦税务基金设立的海外投资机构获得了16亿美元的贷款。

1997年，布什在白宫举行盛大晚会，邀请了社会各界人士273人，肯尼斯·雷也是其中一员。1997年2月27日，休斯敦的Chronicle还特别报道了肯尼斯·雷，这是这位休斯敦企业家获得的荣耀。

2000年，小布什参加竞选总统，到全国各地演讲时乘坐的是安然公司的飞机。到当年9月，肯尼斯·雷为小布什的总统竞选捐献了2.9亿美元。小布什本人对此的解释是，安然公司为白宫很多要人都捐过钱。2000年底小布什（George Walker Bush）竞选胜利，于2001年1月20日正式上任，成为第43任美国总统。

小布什的弟弟（Jeb Bush）时任佛罗里达州（Florida）州长，他曾在安然公司前主管的家里举办过募款宴会；布什政党体系中的很多高级官员，都和安然公司有千丝万缕的关系，陆军部长托马斯·怀特（Thomas White）还曾经是安然公司的副董事长。作为一种变相的政治酬谢，布什往往就会将一些人安排到安然公司当个名义顾问，每月可获得10000美元到20000美元的稳定报酬。

后来当安然公司的问题即将暴露的时候，肯尼斯·雷感到后果可能十分严重。自2001年起，肯尼斯·雷曾先后六次与副总统迪克·切尼（Dick Cheney）（并兼任美国能源政策的最高领导人）紧急会晤。

当安然公司正式被立案调查时，国会调查组要求切尼交出当时的会议纪要和与会者名单。但这些要求遭到了副总统的拒绝，其理由是维护行政权力的独立性和完整性，并保护与会者的隐私。但国会审计总长华克也针锋相对地表示，他将不惜一切代价，追查这些会议的真相，乃至进入宪法官司。副总统切尼成了小布什的最后一道防线，一旦他被攻克，小布什就会成为直接被调查的对象。在美国，不管任何人的职务如何，一旦对其指控的证据确凿，都难免成为司法调查的对象。

我还记得某年圣诞节之夜，省长大人喝了酒，在自己开车回家的途中不巧被警察测出酒精成分超标，结果被立即拘留。省长大人和任何普通的犯人一样，被拍摄了左、右侧面和正面像，还做了指模，穿上囚衣，关押进拘留所。第二天一早，照片和新闻报道被刊登在各大报纸。最后是由省政府担保，取保候审，此事也体现了西方社会"法律面前，人人平等"的一个侧面。

当小布什2000年底赢得美国总统大选胜利时，就有记者问过布什：你有没有计划，让肯尼斯·雷出任你的能源部长？小布什当时没有否认。一时间，社会上传得沸沸扬扬：肯尼斯·雷将出任美国能源部长，成为美国的新一代政坛权贵。

安然公司内部的管理层人事调整，也似乎证实了这一传言。肯尼斯·雷首次让出了一直由他自己霸占着的安然集团首席执行官CEO的宝座，由安然公司第二号人物杰弗里·斯基林接任。

肯尼斯·雷选择在安然公司的股票价格趋向最顶峰时期，安然公司在外名声达到了最辉煌之时，将安然公司的首席执行官的头衔让位于杰弗里·斯基林，也是明智之举。一方面是自己功德圆满，另一方面也是对杰弗里·斯基林十年成绩的肯定。

但是，当小布什于2001年1月20日正式上任美国总统时，并没有任何让肯尼斯·雷出任能源部长的迹象。到了2月份，倒是安然能源服务公司的负责人托马斯·怀特（Thomas White）突然离职，被任命为美国陆军总长，并直接上任。怀特抛售了他手中所有的安然公司股票，获得了1400万美元现金和价值650万美元的豪宅，他也是真正从安然公司获得了全部可能得到的最大利益之人。

4. 律师与会计师

任何一个企业，都离不开会计和财务记账，财务账目记载了该企业经营运作的过程。

对一个私人小企业，财务账是老板对自己公司经营状况的记录，也是向政府交税的依据。但对一个上市公司而言，除了以上作用以外，财务报表也是将自己的运营状况对公众进行告知，是公众投资者购买该公司股票的依据之一。

财务报表是人做出来的，仅仅是一大堆数字填在财务表格中而已。这些数字是否真实地反映了企业的实际情况，还是人为地或者盲目地编写出来的呢？到底是记账还是做账？以笔者之见，现在流行的观念是做账。这并非天方夜谭。在当代社会中，人为地编造数据，在现代企业是心照不宣的普遍现象。很多企业甚至有两本账，一本是公开的，一本是真实的内部账。而这一本对外公开的账，往往就是人为造出来的假账。笔者在一些企业的收购案例中，常常遇到这样的麻烦，企业往往要求对方接受其内部账，这样可以少交税款，但这样的账面显然无法通过审计，也无法公诸政府机构和社会。但收购方的上市公司对于这种情况又很难处理，如何向股东们交代呢？对方公开的经过审计的正规财务报表实际不可信，却要依靠没有被审计过的财务报表？同时我们也可以看到会计师事务所在审计工作中的问题，明明是假账，都可以通过审计。这也非常清楚地告诉我们，做假账是多么容易的事情！人为地编造一些数据充当财务报告，这种情况甚至在安然公司这样世界级的大公司也不例外。

安然公司新来的会计师就发现了，所有数据很难对得起来，结论就是肯定有一部分数据是作假了。公众投资者是无法考证，他们不可能自己跑进该企业去查看真伪。而且，对一般人来说，财务领域是个神秘的世界，即使去看也不一定看得懂。于是，会计师事务所就诞生了。他们帮助企业，也是帮助公众投资者去查核企业的财务报表。

他们通过核对银行往来账记录，可以查到企业的现金，与哪些客户有贸易往来、成交金额、支付时间、支付方式，在银行的贷款和所有的债务等等。因为银行的形象是可信赖的机构，所以银行对账单是主要的凭证记录之一。

通过银行支付的款项和购买的项目，再去查核库存和设备等固定资产，以及人员工资等行政开支成本，也可以得出销售的产品成本和销售利润。因此企业的实际情况就清楚地展现在审计师的眼前，财务报表中任何与事实情况不符合的部分就一目了然。

以上说起来当然容易，但实际上，对一个企业，特别是一个大的集团公司，在实际经营过程中会发生很多特殊情况。所以，审计师们还需要与被审计单位的普通员工或相关人员直接接触，了解情况。

每次审计，会计师事务所会根据对方情况，派出一个审计团队进驻企业，少则一周，多则一个多月，而且还有半年审和年终审之分等。会计师长期在一个企业工作，上上下下都会形成一定的特殊关系，这种关系或出于情面，或关系利益，有时也会影响到审计师的工作质量，包括会计师的独立性。

所以说，审计师的立场很重要，企业、税务局还是公众投资者，对同一件事物的看法和处理，往往会有不同的结果。真正公正的会计师，应该不带任何个人情感色彩，才能使财务报表中的数据尽可能地符合事实真相，让需要和关心该企业财务状况的人去解读这些数据。

通过审计工作，会计师事务所实际上最能了解被审计的企业，甚至常常比董事长等企业内部的任何一位员工，更了解该企业的实际情况。因为，企业中的任何人都只能看到企业的局部一角，而不可能像会计师那样完整地了解该企业的所有经营情况。

特别是集团公司，每一子公司的财务经理，只了解自己公司的经营往来情况，并不清楚其他兄弟公司的情况，只有审计师可以了解到全部情况。

比如安然公司，用股票作价投资的特殊目的企业，把大量的债务留在安然公司的财务报表之外，以及卖给美林证券三艘驳船，半年后又买回来等等做法，为安然公司提供审计服务的安达信公司完全应该清楚，这样的倒买倒卖不可能实现利润，只增加了贷款，是用贷款来拆东墙补西墙的做法。事实上，除了斯基林等个别高管，安然的这套做法也只有审计师们非常清楚。

当然，类似银行将贷款通过特殊目的企业作为预付款支付给安然公司的钱，会计师们也许不一定能发现，因为银行成了同伙，提供了假的银行对账单。但大部分欺诈行为是可以发现的。所谓欺诈，就是人为地做了假账，这就是做账，而不是记载事实。

那么是什么原因驱使安达信公司也成了安然公司的同伙呢？答案就是利益！巨大的利益！安然公司是安达信公司的第二大客户，每年安然公司要支付的审计费用达到2500万美元，咨询服务费用更高达2700万美元，两项合计5200万美元，相当于每周支付100万美元。这样的"皇帝"谁敢怠慢呢？

连银行等大财团都在帮助安然公司造假，谁揭露真相，那就是为自己全面树敌，有必要吗？安然公司的背景，谁都清楚，搞不好最后还是自己吃亏。

我相信,安然公司的很多作假方式,一定会在安达信会计师事务所原始的审计工作底稿中有所揭示。因为,安达信公司派驻在安然的审计人员很多,安达信的新员工、高级员工乃至很多经理们并不会知道那么多内幕情况,他们一定会把他们在审计中发现的问题都揭示在工作底稿中,甚至会用红笔显眼地标识出来,否则出了问题,是他们的责任。他们也要向自己的上司表现自己的能力,必定会把自己发现的问题报告给上级,显示自己的工作成绩,换取好评,为晋升积累资本。

当然,最后都是负责该审计单位的主管会计师,根据下属的工作底稿,综合后签发出最终的审计报告。为了安达信会计师事务所的利益,也为了会计师本人的利益,他们放弃了安达信创始人的最初宗旨,出具了掩盖事实真相的审计报告,还和律师们一起,研究出只有他们自己才能看懂的语言,事实尽管披露在报告中,但这套奥妙独具的表述语言,足以使人无法看懂摆在面前的真相。

一般来说,很多企业都不愿完全公开自己的经营活动,或是觉得时机还不成熟,或者甚至是根本就不想公布。为此,他们往往会用高昂的费用聘请一些律师为自己的财务报告进行润色。这是一种文字游戏,编写一些可以多种解释的文字,如同算命先生那样花妙的语言,一进一出,模棱两可,既让人抓不到把柄,也让人根本看不懂是什么意思。

所以,一般美国上市公司的财务报告和审计报告,少则百来页,多则几百页,解释词又小又密,难以看清。要披露的内容,似乎都有,但又似乎什么也没有,因为人们根本无法仔细看,看了也未必真懂。

会计师们和经济律师们,他们所考虑的并不是社会的利益所在，而是会不会被人抓到把柄，会不会触犯法律，只要能逃过法律的追查，让普通人看不懂就是最成功的表达方式。

安然公司聘请的律师们，每年从安然公司能够获取的报酬与安达信会计师事务所几乎不相上下。虽然美国证监会有所规定，要求所有财务报告的表述语言，不能采用律师和会计师的专业语言，而要用没有专业知识的普通百姓都可以看懂的语言。但是，为了雇主的利益，律师们很快就适应了这种语言的表达方式。他们笔下的文字犹如算命先生的批语，似是而非，模棱两可，仍然让人捉摸不定。

曾经有人替他人去请教算命先生，算命先生有模有样地问了被算命人的生辰八字后说："他爸爸在他妈妈前面先死了。""不对！不对！"那人忙更正说："他爸爸明明还健在，而他妈妈倒是去世了呀！"算命先生慢条斯理地说："没错呀，我说的是：他爸爸在，他妈妈前面先死了。"那人想了想，也许是自己听错了。

律师和会计师们在钻研业务的同时，把更多的精力花在玩弄文字游戏上，常常善于使用类似算命先生的语言，来描述财务报告，包括上市公司对外的公告。能让上市公司的管理层经理们拍案叫绝的语言，就价值连城，可以换回可观的收入。

这完全是为了他们自己的利益，而忘了社会公众的利益与社会的公德。他们的行为分明是在愚弄百姓。笔者曾设想过，为了避免这种情况，政府今后可以将公布的财务报告和审计报告格式化，设计出一种一目了然的披露事项的格式，让填表人无法隐瞒事实真相，至少是难以隐瞒真相。当然这并不那么容易，因为各企业的具体情况千变万化，但笔者认为毕竟值得一试。在格式化报表以外，再附加上传统的报告和文字说明，应该可以弥补很多现在的不足。

5. 内部的利益共同体

安然公司是以肯尼斯·雷为主帅，杰弗里·斯基林为运营团队的核心，建立了一个规模达几万人的经济帝国。安然公司利用超额奖励绩优员工，结合淘汰制，使很多员工为能保住自己的"饭碗"，大家"抱团取暖"，形成了一个个由小而大的利益共同体。

对一心要掌控公司命脉的野心家来说，公司的财务部是一个最重要的部门，必须排除异己，才能按照自己的意愿，随心所欲地玩弄数字游戏。

但是，一般财务人员都是比较循规蹈矩的，即使是杰弗里·斯基林这样的能人，也用了好几年的时间，一边重点培养自己的亲信，一边伺机撤换异己，直到1998年，才正式将安德鲁·法斯托扶上了安然集团公司首席财务官的宝座。

斯基林对法斯托的手段，提职加薪不算，为了能让他更加俯首帖耳，斯基林每次都让法斯托在特殊目的企业的转账中获得好处，就连法斯托的手下、为Chewco公司出力的麦克尔·库珀也先后获得了200万美元的利益。几年来，安德鲁·法斯托在这类转账过程中，大约获得了3000万美元。

杰弗里·斯基林一旦看中谁，便会毫无顾忌地大胆提拔使用。当他和董事会秘书丽贝卡·卡特私情暴露以后，他一点也不避嫌，逐级提升丽贝卡·卡特，在一年多的时间里，丽贝卡·卡特竟被提升到了安然集团公司的副总裁的职位上，年薪高达60多万美元。

杰弗里·斯基林如此张扬行事背后所透露的消息就是，大家可以看到，任何人一旦进入他的核心团队，就可以直接获得巨大的利益。

前文提到过安然公司的交易员是如此的疯狂，在公司里可以横行霸道，这都是因为他们是安然公司核心团队中的核心。所以在公司里，交易员公然戏弄女职员，也不过是屡见不鲜的小事。西海岸的交易员们，在为安然公司赚取了20亿美元的同时，也为自己赚到了几百万美元。

一些交易员还每周组织周末活动，喝酒，调情，几十个男男女女在一间屋内同宿，不分彼此你我。通过各类活动，小团体抱得更紧密了，除了工作上的相互抱团，他们更多了一份别人不知道的各式私情。

在安然向全球扩张的过程中，虽然大部分投资项目都失败了，但责任人都没有受到过什么处罚，因为这些项目都是掌握在斯基林核心团队的成员之中。他们是一个庞大的内部利益共同体，失败与损失是公司的，利益才是他们自己的。

有人说：在他们的利益共同体中，没有是非对错，没有规矩法律，吃了外面的，还吃公司的，账目永远糊涂，犹如一群原始的人猿。所以，在最后安然公司倒闭时，相继有20多名安然公司的雇员受到了不同程度的法律制裁，被判入狱。

六、诸神的黄昏

人在绝望之时,总会做出一些常人不可理解的举动。

安然公司破产前,公司所有高级管理人员都疯狂地抛出手里的股票,但他们还在对外界和公司员工说:公司的股票还有40%的上涨空间,让公众投资者和公司员工为他们托盘。

美国国会议员理查德·杜宾(Richard Durbin)说:本案就像"泰坦尼克"号即将沉没前,船长、大副、轮机长争抢救生艇出逃,而把其他所有的人员(退休者、员工、公共投资者)统统都留在船上随船下沉而淹没。

杰弗里·斯基林突然离职,安然公司像被拔掉了"定海神针"一般,翻江倒海。这家拥有全球3500多家关联企业、将近700亿美元资产的世界第七大公司在三个半月内彻底破产了。谁都会对此感到莫名惊诧。

肯尼斯·雷在审判前夕,突然暴病死亡,画上了生命的句号。

1. 大肆抛售股票

2000年，国际网络科技行业泡沫逐渐显露，美国股市开始下滑，三大指数都有不同程度的下跌。其中，道琼斯（DOW JONES）工业指数从年初的11000点到年底9800多点，全年跌去了百分之十几，而纳斯达克（NASDAQ）指数更是从4696点暴跌到2470点，全年的跌幅超过了47%。

安然公司的股票却是逆市上扬，1999年安然公司的股价上涨了50%，2000年安然公司的股价更是疯狂地上涨了90%。美国股市开始下跌的同时，肯尼斯·雷一边开始抛售自己手中的安然公司股票，一边却在外面鼓吹安然公司的股票价格还远远没有见顶，还有很大的上涨空间。大家已经在过去每年递升的股价上赚得钵满盆满啦，而今后仍有可能再翻一番。肯尼斯·雷抛售安然公司的股票，是准备走马上任去当能源部长呢，还是意识到安然公司的实际问题所在，安然公司的空中楼阁必定会受到美国股市大势影响而摇摇欲坠呢？

坐上安然集团公司首席执行官CEO宝座的杰弗里·斯基林，并没有欣喜若狂。全世界的经济开始发生了巨大的变化，网络科技泡沫开始破裂，安然公司的各方面问题虽然还没有真正暴露，但在斯基林的心中，已有了山雨欲来风满楼的不祥预感。印度大柏电力公司的停产，英国埃瑟里克斯水处理项目的全线亏损，宽频业务的技术问题得不到解决，与伯劳克巴士特公司的合作已经告吹也将以颗粒无收而告终，北加州电力交易员操控市场太过分，频频停电事件的发生已经引起了社会的公愤，能源部不得不取消了部分自由交易的条款,而对西海岸的能源交易价格采取了限制措施。

社会上对安然公司的质疑声也是此起彼伏,《财富》杂志的记者麦克琳直接向斯基林提出了疑问: 股市在大跌,安然公司的股票大涨,安然公司的股价是否被高估了? 华尔街的有些空头分析师也看出点安然公司的问题,想乘机做空安然公司的股票。有位华尔街著名的空头分析师理查德 · 格鲁伯曼(Richard Grubman)就盯着要安然公司的季度利润报表。他公开指出,整个华尔街唯独安然公司只报季度资产负债表而没有季度利润表,所以多次要求安然公司出具季度利润表。

然而出具季度利润表对安然公司来说,却是难度很高的事,因为安然公司的利润经常是临时做出来的,如果把每一季度的利润表都报了,今后就没有作假的空间了。斯基林被格鲁伯曼的质询电话纠缠着,他强忍着怒气,以绅士语气向对方表示感谢,感谢对方对安然公司的关心和关注,但一个憋不住,居然骂出了极其庸俗的脏字 Asshole(屁股眼),可见这时的他早已经是气急败坏了。

这让所有旁听到他们电话的人都目瞪口呆。他们简直不敢相信这是从一个世界500强公司的首席执行官口里说出来的话。做空头的人在股市中往往是不受大众欢迎的,格鲁伯曼也是其中之一,何况面临美国股市大跌,受到大家批评也是经常有的事情,但他还是被这突如其来的侮辱一下子给打闷了。很快斯基林的这句话在安然公司内部流传开了,并被广泛地活学活用在日常工作和生活之中。如果你想把什么事情搞清楚,多问一个原因或为什么,那么回答你的就是 Asshole。大家都会辅以哈哈一笑了之。

但斯基林实在笑不出来,他已经是焦头烂额,有人描述他胡子拉碴,陷入了天人交战之中。只有他最清楚整个安然公司的现状,一个个定时炸弹一旦被人启动,那么离最后爆炸的时间就不远了。

斯基林回头思考自己加入安然公司11年历程的风风雨雨,一系列成败往事,历历在目。自己曾经是多么渴望坐上CEO的宝座,可如今真的坐上了,却没有原来预料中的兴奋,反倒是变得忧心忡忡,惶惶不可终日。

11年前的安然公司只不过是一个单一的传统的管道天然气供应商,年营业额只有150亿美元,如今已经发展成为世界第一大能源公司,业务涵盖电力、天然气、风力能源、煤炭和原油、水处理业务,并且涉及金属、化学肥料、塑料、纸浆、纸张的运输和销售;并拥有世界最大的商务网络安然在线,进行网上交易。安然公司还积极从事能源、金融、期货、期权、债券以及各类复杂能源金融衍生品的交易;还发展了光纤宽频服务,公司跨越了美洲、欧洲、亚洲和大洋洲四大洲,遍及世界40多个国家,拥有3500多个分支机构,可以用世界15种货币进行交易,拥有员工超过20000人(有的报道说是40000人),2000年的年营业额已经突破了1100亿美元,每一季度的营业额270亿美元,就远远超过了他加入安然时153亿美元的年营业额;其总资产将近700亿美元,包括拥有50000公里的天然气/石油管道和将近30000公里的宽频光缆线。虽然运作上有点问题,但其中的关键还是为了维护安然公司的股票价格,维护安然公司的信用等级。

作为新上任的首席运营官,杰弗里·斯基林心里非常清楚,分散在世界各地、通过特殊目的企业获得的贷款、债券,已经使安然公司背上的债务累积达到了相当巨大的数字。虽然还没有仔细地统计过,但估计应该已经远远超过了安然公司的资产和正常的还款能力了。面对世界网络科技泡沫的破裂,世界经济正在发生重大的变化,斯基林敏锐的嗅觉,让他深深感到问题的严重性,如何处置这些债务已是迫在眉睫的问题。靠安然公司的正常利润来归还债务，显然是杯水车薪，根本不可能。那么继续用老办法，用新债还旧债呢？时过境迁，由于网络科技泡沫的破裂，全世界的人都变得谨慎起来，人们面对利益诱惑时开始变得更冷静与理智了。举债的途径和契机在哪里呢？骗局只有在疯狂的市场中和疯狂的人群中才能维持下去，如今该是考虑如何收场的时候了。

问题发展到今天，杰弗里·斯基林突然想到，肯尼斯·雷是不是准备甩包袱了，让自己出任CEO，似乎像让出了一个墓穴，他自己却要潇洒地去当能源部长了。那么安然公司所有的历史上的和今后的问题，都要自己一人来承担吗？这个烂摊子毕竟不是什么好吃的果子，说不定还要惹上些麻烦或头痛的事情。

但压在斯基林心上的最后一根稻草，也许却是知道公司很多内幕的那位员工的一句玩笑话：你放任这些交易员作恶多端，总有一天，这些交易员将把你也给"杀"了。

斯基林越想越不是滋味，他想起了马克斯·艾伯特（Max Eberts），后者见好就收了，到科罗拉多当他的地主去了，多么潇洒，今后的问题都与他无关了。杰弗里·斯基林想到这里，突然眼前一亮，决定步马克斯·艾伯特的后尘，也光荣地退休还乡。在自己退出后两年，安然公司就是破产，那都和自己没什么关系了。这么大的安然公司，就像航空母舰，现在一切还是正常地在海上航行，就是出现一个小洞，到它沉没，也会要有一段相当长的时间。银行还靠着安然公司赚钱呢，社会越不景气，贷款就越难贷出去。长期贷款，挂在账上慢慢还本付息，也暂时出不了问题。

考虑停当后，他立即行动。

斯基林开始为他的辞职做准备。他要在自己还能控制局面的时候，先抛出手中的巨额股票。既要抛售天量股票，又不能让市场敏感地发觉，他希望最好能维持安然公司的股票价格稳定，这样不仅可以让自己的股票抛出个好价钱，同时也可以让自己安全地撤离安然公司。他要推出些新的发展计划，最好能像推出宽频业务时那样，引起市场轰动效应，再来个两天股票飙升30%多的奇迹。

于是，一个新的点子出笼了。安然公司提出了气候变化指数和未来气候的期货交易设想。这确实是个没人提出过的新鲜玩意，也引起了市场的广泛关注。大家认为是个很好的主意，但是，时过境迁，市场却并没有出现爆炒安然公司股票的现象。因为正当网络科技股市场泡沫破裂，人们变得越来越谨慎了。当然，安然公司的创新思想仍然让市场欣慰，气候的变化，也是和期货商品一样，谁也不能先知先觉，但更多的是被人们当作赌博，就像庄家下一个骰子扔出后，没有人知道显示的将是偶数还是奇数一样。

商品期货的价格，虽然没人能够知道明天的成交情况，但至少它还是和实体经济有关联的，有一定的变化规律可寻，还有实际经济体可用来保值。气候指数则完全没有，而且到时候也没有商品期货的实物交割，难道就像股指期货那样吗？市场抱着怀疑的眼光，思索着，但没有任何行动。虽然杰弗里·斯基林的这次期货交易的新思维没有被市场认可，但至少对维护股价还是起到了一定的作用。

人们不可否认地认为，安然公司不愧为世界最具创造力的公司，它的未来是有希望的。气候指数的期货交易设想，已经达到了掩护斯基林抛售手中股票的作用。斯基林公开预测安然公司的股票真实价位，在每股126美元左右，而大多数经济分析师预测，则是在每股100—115美元之间，距离当时的市场股价每股80美元还有30—35美元的空间，大约40%的增长空间。

就是在这样的预期下，不但市场上的普通投资者，就连安然公司的员工们也在继续买进公司的股票，甚至把自己的全部养老金都变成了安然公司的股票，全然不知是被公司高层欺骗了。他们哪里知道，就是在这同时，安然公司的高层已经先后大肆抛光了手中的股票。安然公司的高层让员工用他们的养老金来接自己手中的股票，让整个社会的中小散户为自己托盘。

当这些高层脱手了自己的股票，他们便再也不需要维护安然公司的市场股价了。就在他们大肆抛售公司股票的时候，美国的股市也进一步大跌，道琼斯（DOW JONES）工业指数到2001年7月2日跌到了8800多点，半年时间就又跌去了1000点，而纳斯达克（NASDAQ）指数更是跌到了1498点，与2000年年初的指数相比，跌去了68%。安然公司的股价也随大盘开始往下滑。市场的大势不好，正好也掩盖了安然公司高层抛售股票而导致安然公司股价下跌这一根本原因。国会议员理查德·杜宾说得不错：本案就像巨轮即将沉没前，船长、大副、轮机长争抢救生艇出逃，而把其他所有的人员（退休者、员工、公共投资者）都统统留在船上，随船下沉而淹没。

肯·莱斯抛出了	5300万
肯尼斯·雷抛出了	20000万
克利福德·巴克斯特抛出了	3500万
杰弗里·斯基林	30000万
安德鲁·法斯托	3000万，又从关联企业额外转账交易中获得了3000万

就在安然公司高层大肆抛售手中的股票之时，佛罗里达州政府，却用州员工退休基金大量买进安然公司的股票和债券并重仓持有，最终造成了佛罗里达州政府员工退休基金3.35亿美元的损失。布什的弟弟杰贝·布什（Jeb Bush）是当时的佛州州长，也是该州政府员工退休基金管理委员会三名董事之一。杰贝·布什

与安然公司有着这么特殊的关系，就在安然公司即将崩溃的前夕，还一路坚持买入安然公司的股票和债券，这能让人相信是一般的投资决策失误吗？投资的依据是经过安达信会计师事务所签发的亮丽的财务报告。这使杰贝·布什有了很好的投资理由。但社会还是提出了很多质疑，总统的弟弟也陷入了安然公司事件的困境。看看当时社会的评论真是太形象了：

国会议员詹姆斯·格林伍德（James Greenwood）说："安然公司抢劫银行，安达信会计师事务所提供运钞车"。真是配合默契的"双人舞"演员。

2. CEO突然辞职

上任安然集团公司首席执行官半年后，杰弗里·斯基林认为万事俱备，遂于2001年7月13日正式向肯尼斯·雷提出了辞职的请求。

可以想象，当时的肯尼斯·雷是如何地震惊。他想尽一切方法和个人的努力，挽留斯基林，但是后者却去意已定。在2001年8月13日的董事会上，杰弗里·斯基林以家庭问题为由，含泪告别了董事会全体成员。

大家知道，由于董事会秘书丽贝卡·卡特与斯基林的私情，导致了双方家庭在四年前就已经破裂，各自都在1997年先后离婚。这次斯基林提出请辞的理由是为了孩子，他的三个孩子已经逐渐长大，大女儿当时18岁，二女儿14岁，儿子10岁。他希望能够为自己的孩子弥补一点自己的过错。

杰弗里·斯基林自然可以预见安然公司即将发生的问题，但在他想来，这么大一个能源王国，要被击溃，也不是那么容易的事情。即使安然公司无力偿还所有的债务，至少也可以拖延一两年的时间。这些问题都留给肯尼斯·雷自己慢慢去解决吧，凭着他的政治手腕，也许这场败局还能够挽救。

肯尼斯·雷心里非常清楚斯基林的丰功伟绩，没有此人，就没有安然公司的今天。虽然他已经无法挽留斯基林，让他继续为安然公司去创造明天的辉煌，实现他们两人当年共同建立的理想，打造世界第一的经济帝国。然而，肯尼斯·雷还是很感谢斯基林为安然公司所作出的贡献。在斯基林即将离开安然公司的时候，肯尼斯·雷不惜慷慨解囊，支付了1.32亿美元，作为斯基林的报酬。这也是美国公司的一种惯例，既是报答公司的有功之臣，也是向社会作出的一种宣传，以吸引其他人才。

作为安然公司的董事长，肯尼斯·雷与斯基林的合作也是非常默契的，他完全放手让斯基林去大胆地运作，甚至对运作的很多细节都并不了解也不过问。因此，他也万万没有想到，斯基林离去时，安然公司已经深深埋下了即将爆炸的巨型定时炸弹。这定时炸弹威力无比，别说肯尼斯·雷无法预料，就是连斯基林自己也根本想不到会有如此大的破坏力。

斯基林确实是低估了自己在安然公司的价值和作用，当他离开安然公司之后，公司内外一片哗然。事实上他就犹如安然公司的"定海神针"一般，一旦拔去这根"定海神针"，整个安然公司简直就如翻江倒海，来了个兜底大折腾。搞创新的人，没有了敢于尝试他们新思想的人而迷失方向，他们不知道下一步该怎么走；弄虚作假的人，没有人为他们规避风险，不知道如何收场；正常做业务的人在等待新的指令；作恶多端的人在料理自己的后事，准备随时鞋底抹油开溜。花旗银行和J.P.·摩根也都慌了手脚，安然公司那么多的贷款,那么多的债券谁有能力偿还? 一切都乱了套了。

有人说: 巨星陨落都会带来巨大的灾难! 我们不知道杰弗里·斯基林是否能称得上是一颗巨星,但就在他离开安然公司不到一个月的时候,震惊世界的 "9·11" 事件爆发,美国纽约的世界贸易中心大楼被恐怖分子炸塌了。华尔街的多少金融机构都设在这里,多少人死于这场恐怖的灾难中。曾几何时,安然公司的 CFO 安德鲁·法斯托就是在世界贸易中心美林证券的大会议室里,向大家作了 LJM2 基金的路演。世界贸易大楼的倒塌,也毁灭了不少罪恶证据,将一些不可告人的罪恶行径永远地埋葬在废墟之中,再也无人知晓。

"9·11" 事件对美国人的影响固然巨大,同时也吸引了全世界人的眼球,一时间分散了人们对安然公司的关注,市场上还有人用习惯性的老眼光看待安然公司持续上涨的股票。所以,当 "9·11" 事件发生后不久,大家纷纷抛售手中的股票,造成很多公司的股价大幅度下跌,但安然公司的股票却成了市场追捧的避险股,股价反而一路逆市上扬。

其实,当时最为紧张的应该是为安然公司保驾护航的各大银行。花旗银行、J.P.摩根、高盛和美洲银行这些世界级的金融机构,他们比谁都清楚,安然公司的巨额贷款是个即将引爆的炸弹。谁来为安然公司的贷款埋单呢?

为用新债还旧债,甩掉手中的 "烫山芋",各大银行又开始拼命为安然公司介绍贷款或发放债券,或者转让手中的安然公司债券。当时确实有很多中小银行,由于不了解安然公司的内幕,只是看到了年年增长的财务报表和金融分析师们的预测报道,因而接受了安然公司申请的贷款,买进了安然的债券。为此,他们以后在一两个月里,就蒙受了几亿甚至几十亿美元的损失。当安然公司正式破产后，这些中小银行才发现，自己上当受骗，但又拿不出足够的证据，证明这些为安然公司发放贷款和债券的银行与安然公司有任何串通作弊的行为，也无法证明它们是共同实施欺诈。游戏规则就是如此，找不到证据，那就只能是愿打愿挨的买卖。当时，还是有很多银行向花旗银行和J. P·摩根提出了诉讼，控告他们在债券发行前没有做好尽职调查，没有把安然公司总体负债情况都揭露出来。如果大家知道安然公司已经资不抵债了，谁还会去买他们的债券呢，谁还敢贷款给他们？根据资料统计，在安然公司破产案中J. P·摩根对安然公司的无担保贷款就高达5亿美元，花旗银行的损失也基本与J. P·摩根相当，安然公司的主要债主还有日本的几家大银行和德国的德意志银行等等。

上述材料证明，安然公司的垮台，是世界金融危机的发令枪。

3. 灰飞烟灭的财务资料与副总裁

2001年5月，安然公司监管财务和资本运作的董事副总裁克利福德·巴克斯特（J. Clifford Baxter）提出了辞职，到6月中旬正式离开安然公司，比杰弗里·斯基林的离开还早了两个月。巴克斯特与斯基林的私人关系非常密切，他为什么会在斯基林提出辞职前匆忙离开安然公司？是因为杰弗里·斯基林将安然公司的内幕和自己准备辞职的时间表透露给了他，还是一种巧合？

接替巴克斯特的是雪伦·沃特金丝（Sherron Watkins），她也曾是安达信会计师事务所的会计师，后被安然公司聘请为副总裁。当巴克斯特正式辞职后，沃特金丝开始协助CFO安德鲁·法斯托工作，主要负责安然集团公司的资产管理。刚接手新工作时，雪伦·沃特金丝出于会计师的本能，对收到的文件很警觉，她发现了很多数据根本对不上，财务账如此混乱，是她无法想象的。有些交易都是和CFO安德鲁·法斯托的合伙人公司之间发生的，她不相信财务制度也能搞什么创新，以致大批的财务数据无法核对，使她更不能相信的是，这样混乱的财务账，都通过了安达信会计师事务所的审计，都签发了审计报告。沃特金丝凭着自己的会计师的职业经验，一眼就能看出了这根本不是疏忽，而是一起上下勾结、内外串通"放水"的财务欺诈案。

雪伦·沃特金丝的第一反应就是要告诉董事长本人。8月13日是斯基林正式辞职后的第二天，沃特金丝再也坐不住了，她已经有了足够的证据，她要把这一切揭示出来。但她不知道董事长肯尼斯·雷是否知道这些内幕问题，自己一旦揭露安然的黑幕，将会是什么样的后果等待自己。

沃特金丝犹豫再三，还是给董事长肯尼斯·雷发了封措辞尖锐的信。信的第一句话就是："安然公司是否已经是个危险的工作场所？"不到一周，肯尼斯·雷就亲自接见了雪伦·沃特金丝，并了解了详细的情况。肯尼斯·雷没有表露任何异常的神情，这是他长期在与政坛人物交往中养成的习惯。雪伦·沃特金丝见状，以为董事长其实也完全知道内幕，便一针见血地指出：做假账的公司是要垮台的，只要有份的，谁都跑不掉。

也就在这同时，"9·11"事件过后一个月，斯基林离开安然公司两个月的时候，人们越来越发现安然公司的问题严重。先是从安然公司内部传出了一些流言飞语，很多是与斯基林辞职有关的联想。在安然公司内部，人们也开始分化，对内情略知一二的人，开始抛售公司股票，并一传十、十传百地引起了跟风效应。其次是银行间的投资者开始大量抛售安然股票，分析师纷纷调降安然公司的信用等级,安然的股票开始了大跌。一些不利于安然公司的消息传得到处飞扬,一时间市场上空头消息密布。

事态的发展比任何人的想象都快,这家世界第七大的跨国公司,如同不堪一击的世界贸易中心大楼那样,在斯基林辞职后的三个半月内突然破产了。震惊的人们不能接受这样的突变,但这确实是必须接受的事实,与安然公司息息相关的员工们,甚至到了几乎崩溃的地步。安然公司的股票价格,就像自由落体那样,直线下跌,看看每天变化的大事件,你也可以想象在这最后的时间里,安然公司的高官和每一位安然公司的员工是怎么度过的了。就像是在即将沉没的"泰坦尼克"号船上的人一样,惊慌失措。特别是董事长肯尼斯·雷,他看着自己创建的经济帝国一天一天在倾倒并迅速崩塌时,他的心情和受到的折磨,外人不得而知。

事态的发展也完全出乎杰弗里·斯基林的预料,按他的预想,安然公司在全世界有3500多家分支机构,将近700亿美元的资产,怎么可能说倒就倒了,仅仅在自己辞职后的三个半月内就破产了呢。如果早知道是这样,他决不会辞职,把自己送上审判台呀!但世界上没有后悔药买,"如果"是永远不存在的。

请看在安然公司破产前,最后一个半月里每天变化的大事件:

10月17日美国证监会致函安然公司,开始对安然公司可能存在的关联交易问题进行非正式调查。

10月18日《华尔街日报》揭露了安然公司的特殊目的企业LJM与安然集团公司资产和股票的复杂套利交易内幕的一点影子。

10月22日安然公司证实了证监会正对其进行非正式调查,当天安然股价下跌20%。

10月23日安达信会计师事务所销毁一吨安然公司的财务资料。

当美国证监会刚刚提出非正式调查时，安达信会计师事务所的高层就感觉到了很大的压力。相关人员早已经坐立不安，他们太清楚财务原始资料和审计工作底稿中曾经记载过的东西了。而每年公布的财务报告和审计报告，都是经过专职律师和高级会计师们反复精心修改，酝酿后而公布的。里面的文字早已经被善于玩文字游戏和钻法律空子的高手们，修改成常人难以读懂的"甲骨文"了。最重要的东西即使披露，也是要用放大镜才能看清楚的很小的字，在不显眼的地方，轻描淡写地提了一笔，在洋洋洒洒的几百页报告中，几乎无法让人找到。但是，一旦与工作底稿对照，那么这些问题一定会在最显眼的地方，被初级会计师们揭示出来，甚至可能是用红笔书写，提请高级会计师们特别注意、重点审核。

我不知道当时安达信高层人员是在怎样一种紧张的状态下研究对策的，也想象不出是谁拿出了最后的主意。这个聚集了世界高智商人群的会计师事务所，一直在为世界各大公司出谋划策，享誉天下。结果，在关键时刻，却给自己出了个下下策。

就像世界冠军在围棋比赛中，一方在全盘几小时的对决中一路领先，却在面对人人都能看出的破绽时，突然下了一个人人都意想不到的昏着，而导致了全盘皆输，无法挽回。

他们所做的就是，安达信会计师事务所和安然公司的会计师们（好几个高级财会人员都是原来安达信的员工）连夜把所有的历史会计账和审计工作底稿统统销毁了。他们销毁的财务原始资料和审计工作底稿重量竟然达到了整整一吨，并连同电脑档案，也统统删除了。这绝不是件偶然疏忽的失误事件，而是破釜沉舟的"狗急跳墙"，目无法纪的"临终豪赌"。作为一名普通的美国公民都知道，财务资料必须保留七年以上的法规，难道专业会计人员会作出如此大胆违抗法律的行为吗?

当律师威廉·勒奇(William Lerach)捧着装满被销毁的会计资料碎片的纸盒出现在电视屏幕上时,全体美国人民都震惊了! 谁也不能接受庄严的法律可以被专业人士随意践踏! 然而,安然公司和安达信会计师事务所却把这一事件责任轻描淡写地推脱给了安达信会计师事务所的一名女律师玛丽·玛达琳(Mary Matalin),她说,她以为这些过期资料已经没用了,这一恶性事件被说成了是一次意外判断失误而已。

一个半月前,"9·11事件"中,大量的资料被埋在了世界贸易中心大楼的废墟中,再也无法复原了。有些人在痛惜丢失重要文件资料的同时,获得了"毁尸灭迹"的灵感,丢失的资料将永远无法复原了。任何发生的案件,将可以神不知鬼不觉地被抹去了,再也无据可查,再也没人知晓了。俗话说: 若要人不知,除非已莫为。就是因为做任何事情,总会露出蛛丝马迹。但是,当蛛丝马迹被彻底抹去的时候,就将毫无办法了。对再有经验的老警察来说,不怕查不出,只怕没处查!

如今,安达信会计师事务所在美国证监会即将开始调查前,将所有的资料都销毁了。天哪! 一切罪证将无法获取了。如果没有高层的指示,有谁敢冒这一风险? 公司的资料又不是自己的私人物品,如果没有上面的授意,有谁会如此大胆,自己作出这样公然违抗法律的行为? 然而这一很绝的毁灭性点子究竟是高智商团队中谁的杰作,现在真是无法考证。安然公司不愧为世界上最具创新力的公司,连对付司法检查的手法也独树一帜。但是,安达信会计师事务所也万万没想到,自己的这一错误的行为,即将给自己带来灭顶之灾,并把自己送上灭亡之路。安然和安达信自以为跳出了一个非常独特的双人舞舞步,但是等待他们的,却是裁判们亮出的红牌！

在全部财务和审计资料被销毁的第二天，10月24日，无法向全美国人民交代和解释的安然公司，不得已只好宣布董事长免去了安德鲁·法斯托的职务，CFO一职由工业市场部主管杰弗里·麦克马洪（Jeffrey McMahon）接任。昨天还在公开表扬CFO的肯尼斯·雷，好像自己狠狠打了一下自己的耳光。安然公司已经没有比安德鲁·法斯托更好的CFO了，一个工业部的主管，能挑起安然公司财务部的重任，能理清楚一团乱麻的财务黑洞吗？社会是不容欺骗的，就在安然宣布更换CFO的当天，安然公司的股票下跌了17%，在过去的一周内，安然公司的股票已经整整下跌了50%。

10月25日，标准普尔宣布调降了安然公司的信用等级到负面。

10月29日，穆迪（MOODY'S）也调降了安然公司的信用等级，并表示不排除进一步降级的可能，美国证监会已经将对安然的调查从地区办公室转移到了安然公司总部。当天，安然公司的股价又下跌10%。

10月31日美国证监会对安然的调查升级为正式调查级别，并组建了一个五人专职调查委员会，并有直接正式的传讯权。

11月6日杰弗里·斯基林被美国证监会传讯，安然公司的股价跌破10美元。

11月7日安然股票又下跌27%，盘中一度还跌破7美元，创下10年来的新低。

11月8日安然承认了部分财务存在虚假的事实，将盈利变成了亏损5.6亿美元，债务增加了6.8亿美元，股东权益减少了12亿美元。

11月9日穆迪再次调低了安然的信用等级,接近垃圾级。

这一系列的事情无情地继续延伸,让安然公司的信用扫地。俗话说墙倒众人推,安然公司的股票已经成为人人喊"抛"的垃圾股了,安然公司的股价就再也无法言底。而安然公司从一开始就是以股票的价格作赌注,作抵押贷款的筹码,如今股票大跌,作为抵押品已经不足以担保其贷款了,就像多米诺骨牌效应,这家世界第一大的能源公司再也无法支撑了。各大银行也开始纷纷挤兑还款。

11月28日标准普尔宣布,调降安然公司的信用等级到垃圾级,安然公司的股价单日下跌85%,跌破1美元到0.61美元。

12月2日,安然公司宣布破产。这是杰弗里·斯基林万万没有想到的,他想不到自己的离去会对安然公司造成这么大的打击。如果能够预料到今天的结局,他绝对不会辞职。那样的话,安然公司的故事或许还将继续演绎下去。靠他的本事,慢慢还清贷款,过几年艰苦的日子,安然公司也不至于会走上破产的道路。安然公司,毕竟自己已经倾注了11年的心血,社会早已经把安然和杰弗里·斯基林连在了一起。此时此刻,斯基林的心情比谁都复杂。这个市场太残酷了。自己刚刚离开一会儿,自己的"孩子"就被人"掐死"了,也可以说是他自己害了安然公司。

2002年1月9日,美国司法部开始调查安然公司的刑事犯罪。

1月23日肯尼斯·雷辞职,从他把持了17年之久的安然集团公司董事长和首席执行官的宝座上黯然退席。安然公司是自己一手缔造起来的,从无到有,从政府控制的一个传统的天然气公司,发展到今天世界第七大公司,里面凝结了自己多少心血和毕生的精力。此时此刻,肯尼斯·雷的心在流血,他在自己的办公室里

慢慢转悠了不知道多少圈，最后来到自己的巨型办公桌后面，他把
久经沧桑的手放在特大牛皮靠椅上，摸了摸，轻轻一转，皮椅正好
转了个180度，他明白，他该回到他的起点去了。

　　几乎在同一时刻，国会调查组正要传唤早已经辞职的前安然
公司的副董事长克利福德·巴克斯特，此人却被发现在自己的
黑色奔驰S500中饮弹身亡了。他的奔驰车停在德州一家糖厂。
2002年1月26日清晨，有人拨打911电话报警后，警察很快赶到，
车里发现了一把左轮枪。子弹是从克利福德·巴克斯特右侧太
阳穴射入他的头颅，死亡时间应该是1月25日。

　　在巴克斯特家的车库里，他妻子的车中发现了一封绝命书，但
巴克斯特最终死亡的原因并没有得到确认。经过进一步司法调查
后，才认定是自杀。但自杀的原因一直没有很好的解释。他的家
庭很幸福，妻子年轻漂亮，夫妇俩恩爱有加。他们有两个孩子，一
个女儿和一个儿子。豪宅豪车，非常富有。克利福德·巴克斯特
当时只有44岁（1958—2002），正是年富力强的黄金岁月，很难想
象他会走上绝路。

　　但他的自杀，让安然公司的事件变得更加扑朔迷离，也使社会
对此事的关注度大大提高了。他有必要自杀吗？司法调查才刚刚
开始两天，还只是外围的非正式调查而已，那么他为什么要自杀
呢？克利福德·巴克斯特并不是安然公司的头号人物，天塌下来
也压不到他呀。是自杀还是他杀，是逃脱还是被人灭口？种种迹
象表明他没有自杀的理由。但他是杰弗里·斯基林私交很好的
朋友，在他死前的一段时间里，有人发现他非常频繁地去找斯基
林。斯基林也承认了他们见面的事实。到底是什么原因导致他自
杀的呢？斯基林给出了看似合理的解释，他说：克利福德·巴克

斯特是变童癖，他担心政府的调查会揭发他的变童癖丑恶行为，被他的妻子和儿女看不起，他担心自己将会为此丑恶的行为，受到法律制裁，并被世人唾弃。

4. 精神失常的新郎CEO

美国证监会对安然公司的调查进展很快，首先受到调查的对象是监管财务和资本运作的董事副总裁克利福德·巴克斯特和首席财务官安德鲁·法斯托。但是，两天的调查和质询下来，巴克斯特支撑不住了，他于2002年1月25日在自己的汽车里饮弹自杀身亡后，调查的重点对象自然就落到了安然公司的首席财务官安德鲁·法斯托身上。在最初传讯的时候，法斯托对调查组的任何提问，他都表示：我尊重和重视陪审团提出的任何问题，我也遵守美国司法赋予我的权利，请允许我保持沉默。

由于克利福德·巴克斯特的突然死亡，安德鲁·法斯托又不愿很好配合，美国证监会调查组立刻调整了调查质询方案，他们发现了另一个对象，将注意力集中到了另一重要证人丽贝卡·卡特身上。

丽贝卡·卡特是安然集团公司董事会高级女秘书，并于1998年被杰弗里·斯基林迅速提拔为安然集团公司副总裁。她还是斯基林的公开情人。在加入安然公司之前，丽贝卡·卡特曾是安达信会计师事务所的审计师。她是会计学专业毕业的硕士高才生，两个孩子的母亲。

然而就在美国证监会即将展开深入调查的时候，2002年3月2日安然公司的前任CEO杰弗里·斯基林和丽贝卡·卡特突然秘

密结婚。两人没有举行豪华
的结婚庆典，只是在一个僻静
的饭店，悄悄地度过了浪漫之
夜。他们声称他们是真心相
爱的。

斯基林夫妇

　　谁也不能相信，安然公司
刚刚倒闭，自己的好友巴克斯
特刚刚死去，自己又正面对司
法传讯，在如此重大案件审理
的时候，他们还有心思举行婚礼！他们选择此时结婚，似乎无法令
人理解和接受。然而一个非常现实的目的达到了，丽贝卡·卡特
作为前任安然公司CEO杰弗里·斯基林的夫人，将无法作为证人
出现在证人席了！相反为证词的公正无误她应该回避。她以合法
的理由引退回避，并闭上了自己的口，让斯基林一张嘴去回答司法
和公众的问题。婚姻也是一个很好的利用工具，处处可以看到点
子王的周密安排。美国证监会调查组面对的是一个非常特殊的人
物，时常会给他们出点难题。

　　世界上没有攻不破的堡垒，只是时间问题。人不可能没有击
不破的弱点，只是方法问题。2004年1月14日安然公司的首席财
务官CFO，斯基林一手培养起来的得力干将，安德鲁·法斯托终
于坚持不了了，他和他的爱妻共同认罪，他被指控78项罪名而受
到起诉。在收押和被控期间，为了能够减轻自己的罪名，并获得减
刑处理，他以揭发杰弗里·斯基林为交换条件，被从轻处罚。

　　在2004年2月19日的庭审中，斯基林否认了司法部对他提出
的35项指控，并表示自己无罪。尽管他否认司法部的指控，但他
内心并不轻松，几乎就在同一天，由于连续的高度紧张和长期的压

力无法释放，斯基林几乎到了崩溃的边缘，他在纽约街头精神失常，并怀疑所有的路人都是FBI的秘密侦探，他觉得全世界已经没有了可以容纳他的私人空间，一双双窥视的眼睛简直到了使他无法忍受的地步。他粗暴地让人们离他远点，指着自己身边的路人咆哮："滚开！"被惊吓的路人打了电话报警，当警察到达现场的时候，斯基林情绪异常激动，一点都不愿配合，他被强行送进了医院急诊室。经诊断，他的状况是一种轻微忧郁症的并发。

由于斯基林一贯强势的性格，以及藐视法庭的言行，引起了美国民众的公愤，纷纷要求对他进行严惩，甚至有人提出了对他施行终身监禁，因为安然公司的欺诈案导致上千人今后将生活在贫穷线以下。

5. 董事长突然病亡

2004年7月8日肯尼斯·雷否认了司法部对他的11项指控，并表示自己无罪，将会为自己的清白而上诉到底。

2006年1月31日，休斯敦法院经过长达五年的调查，终于正式开庭审理对肯尼斯·雷与杰弗里·斯基林的犯罪诉讼。就在他们走进法庭的当天，奥斯卡奖评委会正巧宣布《安然风暴》获得当年最佳纪录片提名。

雷夫妇

在整个收押期间，肯尼斯·雷的第二任妻子、前安然公司的秘书林达·雷一直陪伴着自己的丈夫。每次开庭，她总是穿着靓丽，神态自若地出现在公众面前，坚称自己的丈夫是无辜和无罪的，肯尼斯·雷总是非常亲热地与自己的夫人手拉手地出现在庭审休息室里。

相比之下，丽贝卡·卡特就很少参加杰弗里·斯基林的开庭，就是偶然到场，也大都是穿着黑色的外衣，神情黯淡，有时没坐多久，就匆匆离去。斯基林在谈到家人时，表示了对家人和孩子的歉意，并向他们的理解表示感谢，但他从没有提到过丽贝卡·卡特。是有意回避，还是两人的情感发生了问题？

由于肯尼斯·雷为人比较谦和与厚道，所以社会对他的指控也比较低调。

就在全美国人静观司法最后如何宣判的时候，历史出人意料地给大家开了个不大不小的玩笑。

2006年7月5日，肯尼斯·雷从监狱出来，在家度假期间，突然心脏病发，一命呜呼，消失在人间，结束了他64年的生命。似乎冥冥之中，有只超级之手，为他安排了一切，是想让肯尼斯·雷免于受苦受难，提前结束了他的牢狱生活，还是什么其他的原因？美国社会最终还是宽恕了这个曾经被誉为"公众朋友"的人，公司倒闭了，人也死了，还有什么可想呢？司法也就对他的罪行，停止诉讼和追究。

一周以后，在休斯敦第一联合卫理公会教堂举行了肯尼斯·雷的葬礼。社会对死者还是宽容的，加上肯尼斯·雷与人为善的做人原则，他作为公众朋友的形象还是活在大家的心里。毕竟他创造了一代能源帝国。他的能源帝国，也在世界上曾经辉煌过10年。任何人能够在该领域里成为世界第一，就已经足够以之为骄傲，历史也将永远记住了他的英名。

　　葬礼那天，天空飘着蒙蒙细雨，仿佛上帝正为他流泪哀悼。有人说是肯尼斯·雷的父亲，那位老牧师在世时积下厚德的缘故。社会上大约有1200多人自发地前往教堂，为一代能源帝国的主帅吊唁。老布什（George H. W. Bush），美国第41任总统也悄悄地前往，默默地来到了教堂，和普通的送葬人一样，出现在葬礼中，为死者默哀，瞻仰遗容，安慰遗孀。但老布什没有公开发表讲话，又无声无息地悄悄地离开了教堂，离开了昔日帮助过自己，帮助过布什家族的老朋友。他暗暗抹去了眼角的泪珠，他在心里永远记得，肯尼斯·雷这位布什家族的好朋友，忠实的支持者。

　　前任美国总统前来为一位即将被判刑的在押犯人送葬悼念，让肯尼斯·雷的葬礼更显庄重。这就是美国人，他们不用避嫌，犯人也有人权，朋友的关系，亲人的关系，不会因为犯罪而终止，也不会因为没有断绝关系就会变成了罪犯的同谋，罪犯的罪行是令人发指的，但罪犯也应该受到朋友和亲人的关爱。

　　国会的调查又一次陷入了僵局，财务账和审计工作底稿的证据被销毁了，一个个关键的核心人物或真或假地有了归宿。再将肯尼斯·雷与副总统切尼的六次会议翻开，也没多大意义了。小布什提出了安然事件必须去"政治化"，要对以往与国会有关的事件都彻底查清，将永远成为一句漂亮的政治粉饰词。

七、不是结局的审判

"哒……哒……哒……太平无事喽……"

守夜钟声天天在响,但是,天下并不平安。金融领域的犯罪,日益常见。那里的诱惑,实在巨大。

渐渐的,不会偷的变成顺手牵羊者,小偷小摸的变成江洋大盗。

守夜者,什么时候变成了犯罪分子的保护人?

执法的机构不得不大规模出动,并要求检查守夜敲更记录。记录烧了,敲钟人病了,敲更的钟坏了——守夜敲钟人的失职,给案件的侦破带来了困难。

他依然故我,继续敲钟,巨大的利益,使他不惧怕法官的传票。他继续按自己的意愿敲打着,审计报告年年出具,财务欺诈案层出不穷。

如此周而复始。金融海啸来了,海啸的浪涛声中,还能隐隐约约听见:"哒……哒……哒……太平无事喽……"

安达信会计师事务所被判停业五年而解体。

杰弗里·斯基林被判24年4个月。

安德鲁·法斯托被判11年。

安然公司先后20多人被判处不同刑期。

本书出于义愤，把矛头指向了敲钟人。

1. 审判结果

众所周知，美国证券监督管理委员会的调查能力是非常强的，再狡猾的、再隐蔽的犯罪案例，一旦进入了被调查程序，谁也别想逃脱。所以，当接到了美国证券监督管理委员会调查通知时，安然公司的高层就已经坐立不安了。

肯尼斯·雷虽然不是安然公司的直接运营者，但作为董事长，他有推卸不掉的责任。当然，最睡不着觉的应该是杰弗里·斯基林，以及安德鲁·法斯托和副总裁克利福德·巴克斯特，他们是否连夜密谋，是否彻夜未眠，谁也不知道。

任何犯罪分子，都会萌生侥幸逃避法律制裁的心理。他们在公开场合，会故作镇静，装出若无其事的样子。因为是财务欺诈，所以当时外界对安然公司的首席财务官法斯托的猜疑最多。

为了安抚民心，肯尼斯·雷还在公开场合大肆表扬公司的财务部，肯定法斯托对安然公司的贡献，他表示自己相信法斯托是没有丝毫问题的。但在公司内部，整个会计部和主要会计们都心神不定，因为他们是对公司财务问题最清楚的。

特别是安达信会计师事务所，它们是世界六大会计师事务所之一，它们将承担主要的责任，它们的原始工作底稿会告诉大家一切真相。因此，一旦这样的工作底稿被查获，很多问题都会一清二楚地显露出来，那么安达信会计师事务所将是罪责难逃的同伙之一。与其任人宰割，不如将所有资料付之一炬，找个替罪羊，保住公司。

于是，安达信会计师事务所和安然公司的会计们连夜工作，销毁所有安然公司的财务资料，把所有的历史会计账和审计工作的底稿，统统放进碎纸机销毁了。极端而露骨的手段也用上了，一切事务都料理干净后，再迅速解雇了为安然公司提供审计服务的主办会计师。

法官在审理安达信会计师事务所负责安然公司审计项目的主办会计师时，责问为什么会销毁财务和审计资料，获得的回答是，他们接收到了安达信会计师事务所高层的指示。这个回答说明，安达信会计师事务所的高层，早就卷入了安然公司的犯罪，他们并不是被安然公司冤枉地卷入泥潭。

但安达信会计师事务所高层的某些人还是打错了算盘，被安达信公司无法无天的行为震惊的美国司法机构，在极端愤怒之后，还是冷静地使出了一招撒手锏。既然作为证据的底稿已经销毁，无法证明安达信公司的营私舞弊，那么法院就针对这种销毁证据的行为，判处妨碍司法罪，勒令安达信会计师事务所停牌五年。

对于一个靠财务服务为生的企业，其资产是"人"，产品是"服务"，资金来源是"客户"。判它停牌，时间长达五年，"资产要饿死"，"产品要蒸发"，"客户等不得"，于是等于宣判了它关门！树倒猢狲散，安达信的会计师们为生存肯定要另谋出路。曾经是世界第一的会计师事务所安达信会计师事务所创办的"财务法庭"，宣判了安达信自己的"死刑"，行业里的一颗巨星陨落了。

世界六大会计师事务所变成了五大，亚瑟·爱德华·安徒生与伦纳德·斯帕切克在天之灵有何感叹！这是利益诱惑的悲剧。违背两位先驱遗愿的事情发生了，就像孽子败家一样，89年的家业毁于一旦。"上海市市长国际企业家咨询会议"上再也看不到安达信会计师事务所的名字了。当会计师事务所也是以盈利为第一目的的时候，它的独立性和公正性就会出现问题。错误的咨询，从某种角度来说等于在教客户作弊。

法律是不容任何人随意践踏的。安达信会计师事务所销毁安然公司财务资料的行为，也激怒了美国证券监督管理委员会的工作人员。这是有意在向他们挑战！一向受社会尊重的安达信会计事务所，竟会这样缺乏职业道德，在人们赋予他们的厚望中迷失了方向，独自狂妄，不可一世，目无法纪。如果不严肃处理，对经济秩序必将带来负面影响。

2002年6月15日，美国司法部宣判：安达信会计师事务所犯有阻碍政府调查安然破产案的罪行。美国休斯敦联邦地区法院对安达信会计师事务所妨碍司法调查做出判决，罚款50万美元，并勒令安达信会计师事务所在今后五年内禁止在美国从业，此次裁决使安达信会计师事务所成为美国历史上第一家被判"有罪"的大型会计师事务所。

在陪审团作出决定与宣判以后，8月27日，安达信环球与安然公司的股东和雇员达成了协议，同意支付6000万美元以解决由安然公司破产案所引发的法律诉讼。

2002年8月31日，安达信会计师事务所不得不宣布：即日起停止在美国从事各类公司的审计业务，从而正式宣告了退出其从事了89年的审计行业。安达信会计师事务所在美国的28000多名雇员和全球85000多名精英员工为了自己的前途，各奔东西，作鸟兽散，不是被其他五大会计师事务所吞并了，就是投奔安达信会计师事务所原先的客户公司去了。

于是审计行业的世界开始了一轮新的瓜分，2001年财政年度

显示：安达信会计师事务所的全球营业额为93.4亿美元，代理着
美国2300家上市公司的审计业务，占美国上市公司总数的17％；
在全球84个国家设有390个分公司，拥有4700名合伙人、2000个
合作伙伴。如同一个战败国，资源被"掠夺"，人民做"奴隶"，几
千家客户上市公司陆续被迫离开了安达信会计师事务所，客户资
源被世界其他会计师事务所瓜分，由于信誉扫地，安达信会计师事
务所在全球的分支机构相继被撤销或收购。当然也有个别合伙人
带领整个团队"揭竿而起"，宣布另立门户的。

真是花自飘零水自流。在我的人生经历中，为曾经作为安达
信会计师事务所的一员而自豪，此时此刻，我还会为它流泪痛惜。
它曾经是世界的骄子，但聪明一世，糊涂一时，89年辉煌的历史，
就这样随同安然公司的一吨资料，一起毁于一旦。真可谓，一失足
而成千古恨！任何人都可能犯错，犯错后应该正确面对，千万不要
有侥幸心理，为躲过应承担的责任而越走越远。如果，安达信会计
师事务所不销毁安然公司的财务资料，如果……我们可以有很多
"如果"的假设，如果其中的某个假设成立，那么一切又将会是怎
么样的结果呢？令人遗憾的是，"如果"永远不会出现。

从有限责任公司的章程来说，安然公司既然破产，一切也就宣
告结束。公司都没了，还追究什么呢？但是，安然公司的影响太大
了，它在当时不仅成为美国历史上最大的破产案。更重要的是，它
已经使得大批美国人退休后没有了生活保障，因为他们把自己毕
生的积蓄和养老金都换成了安然公司的股票。

安然公司的高层人员，制造骗局的幕后人员，正是吸取美国人
民血汗的魔鬼。他们从安然公司的财务欺诈案中获得了巨额财
富，正过着人上人的生活。如果不追究他们的法律责任，无法平息
民愤。

2002年10月31日，美国司法部指控安德鲁·法斯托犯有78项罪名而提起诉讼。2004年1月14日法斯托夫妇双双认罪（法斯托夫人后来也成了安然公司的雇员），他们以揭发安然公司其他内幕为条件获得了轻判。在庄严的司法面前，所谓的忠实终将瓦解，法斯托夫妇的揭发为以后的案件审理打开了关键的缺口，为给肯尼斯·雷和杰弗里·斯基林的定罪量刑铺平了道路。

2004年5月6日安德鲁·法斯托的夫人李·法斯托，因协助丈夫转账等轻罪，被判两年有期徒刑，其中一年她被收押在美国休斯敦联邦监狱，另一年采用监外执行。她已于2005年7月8日获释，回到了她在美国休斯敦的家中。

2006年9月26日法官肯·郝依特（Ken Hoyt）宣布：判处安德鲁·法斯托10年徒刑至2011年12月17日（含宣判前已经被收押的年份），并没收私人家庭财产2380万美元。安德鲁·法斯托被收押在美国德州的联邦政府监狱，并在监狱的超市里服刑。

由于协助安德鲁·法斯托非法转账而个人获利的苏格兰皇家银行金融市场部负责人尼尔·库伯克（Neil Coalbeck）在受到美国FBI的调查后不久，突然失踪。在其家人报警后一周，于2006年7月11日，其尸体在森林公园被发现。警方发言人说：尼尔·库伯克死于意外。

2006年2月22日联邦法官麦林达·哈门（Melinda Harmon）初步裁定，花旗银行、J.P·摩根、加拿大帝国商业银行协助安然公司进行财务舞弊等罪名成立，需支付民事和解金给安然公司的债权人总计66亿美元。

2006年12月13日，休斯敦法院正式判决杰弗里·斯基林24年又4个月的有期徒刑，罚款4500万美元。律师为斯基林向法庭提出了保释请求，但遭到了拒绝。斯基林的律师诉讼费用大概是

3500万美元,刑期到2028年2月21日。到那时,斯基林将是74岁的老人了。他被关押在明尼苏达州的联邦监狱。

安然事件后,先后有20多名安然公司的高级经理人认罪并被判有罪,几十亿美元的养老金、离职金都化为乌有。

安然公司在休斯敦的总部办公大楼1990年2.85亿美元购买,2004年5500万美元卖出。

可以说,安然公司和安达信会计师事务所的犯罪,犹如一曲"死亡双人舞",此刻终于到了"曲终人亡"的最后一幕。回想他们的"曲调"和"舞步",和2008年金融危机中揭露出来的许多企业的黑幕如出一辙,或是"同父异母"的兄弟,血缘相同。安然丑闻是整个金融危机的先声,但在次贷危机让全世界陷入恐慌时,人们也许早已淡忘了此前的安然公司与安达信会计师事务所共演的这曲安氏"死亡双人舞"。

其实,如果没有经历安然的丑闻事件,世界金融危机也许会比较好对付些。包括几大银行支付的66亿美元的巨额赔偿金,和远超其上的贷款和债券等直接或间接的经济损失,加剧了花旗等银行巨头的风险,也是可以一目了然的事实。

2. 欺诈案件周而复始何时了?

安达信会计师事务所关门了,安然公司破产了,相关人员被判了刑,并被处以罚款以及没收财产等惩罚。它们为自己的罪行付出了应有的代价,但社会上的经济欺诈并没有因为这一事件的判罚而停止。

其他会计师事务所只是警惕了一段时间,然而为追求利益最大化，很快它们又开始了新一轮的发展。它们只是从安达信会计师事务所倒闭的案例中吸取了如何保护自己的教训，而不是脱胎换骨，对自己作为经济界捕鼠人的本能有所觉悟，自觉地去维护世界经济市场的自然平衡。

所以，世界上诈骗案依然像田鼠成灾一样泛滥，迅速发展。最近揭露的世界最大的诈骗案——贝纳德·麦道夫（Bernard Madoff）诈骗案，又一次震惊了全世界。该案涉及的全是世界一流大银行，据初步统计，涉及的金额可能高达9000多亿美元，金融银行业再次受到了金融海啸一般的袭击。

笔者还没有时间与精力去很好地研究麦道夫欺诈案的内幕，而在另一方面，该案件向社会披露的资料非常有限，也许美国的司法部门唯恐金融界再次动荡，而掩盖了许多真相。我还不了解是哪一家会计师事务所在为麦道夫公司提供审计服务，但一个很简单的道理却明白地放在人们的眼前，这么简单陈旧的庞氏诈骗原理（类似私人集资案），哪一家会计师事务所的专业会计师们竟看不出来，竟让麦道夫的欺诈一直发展到今天呢？

会计师事务所在审计报告中惯用的一句话是，根据某某某企业提供的资料作出如下审计报告。这种表述的话外之音就是，如果企业给出的资料是虚假的，那么会计师事务所是不承担责任的，因为会计师事务所本身也是被欺骗的。

于是，能否据此推理，如果有人拿了虚假的身份证去做公证，公证处可以出具这样的公证：根据某某某提供的资料，他是某某某国公民某某某。一旦提供的身份证是虚假的，公证处没有责任，因为公证处也是被欺骗的呀！

当然，审计财务报告要比身份公证复杂得多，那么我们能不能把审计报告分等级呢？一类报告是，该财务报告中部分内容是会计师事务所不能完全证实的,就作为见证类的报告,报告仅指出会计师所见的资料,但无法确认其真实性。另一类就是公证性的,会计师事务所可以完全肯定财务报告都是正确的。再加上文字上的披露和说明补充,签发保留意见等处理方式,那么公众社会就可以一目了然,知道该公司的审计报告的类别,明白真假可能性、可信度成分等等。

签发公证类审计报告,会计师事务所将承担一切法律责任。这也是应该的,会计师事务所收取昂贵的审计费用,却不敢承担法律责任,那么企业让你做公证干吗? 社会对你信任什么呢?

企业也要学会给会计师事务所施加责任压力,就像当年李奥贝拿广告公司将法律上的责任推给笔者一样,看上去是非常尊重我的意见,而事实上他们就是要我承担为他们这样安排的法律责任。

如今社会,企业要会计师事务所提供审计服务,都是企业和会计师事务所单独商谈审计费用的。除了工作量外,审计费用的高低当然也与风险承担的大小相关。不难想象,必定会有像当年芝加哥铁路公司那样,为达到降低成本,提高企业利润的目的,以多支付审计服务费为诱饵,要求会计师事务所做特别处理的事情发生。而且,贿赂的钱合法化地变成了审计服务费,可以正常地出现在企业和会计师事务所的财务报表中,即使发生了问题,审计费也无法成为贿赂的证据。

在商业世界里,没有不卖的东西,只因价格没到位。比如实际价值5万元的结婚戒指,人出10万元你不卖,出到百万、千万——当价钱已经远远超过了戒指本身的价值和它的纪念意义时,谁都会卖了。

是否所有的会计师都能有安达信会计师事务所创始人亚

瑟·爱德华·安徒生这样的境界呢？就是给我全世界的财富，也不可能对我有任何诱惑？那真的很难很难。全世界像这样的圣徒十分稀少。

为此，笔者在前面的章节中曾经想象，能否将会计师事务所改成如同公证处一样的政府服务机构呢？每一个企业的审计费，作为年检费的一部分，按注册资金和营业额的大小统一由政府收取，其中一部分累积起来，用于特殊审计的补贴。

会计师事务所接受审计任务时，只向委托单位收取统一标准的基本费用。该基本费用也可以按注册资本和审计目的分成几个等级，其余部分凭审计报告和与企业委托审计的合同以及支付的标准费用的发票副本，再向政府申请特殊服务的补贴。

这样一来，会计师事务所与企业的直接经济利益就分开了关系。会计师事务所开出的发票金额是标准的统一收费，审计工作不再是企业和会计师事务所之间讨价还价的商业活动，而是政府职能部门的行政工作之一。

如果企业要支付特别服务费，会计师事务所无法开出发票，企业也无法入账，贿赂的钱无法堂而皇之地合法化。当然还会有人作案，那就是明显的贿赂与会计师的刑事犯罪了。行贿和受贿双方是否同谋，也可以一目了然。

另外，还可以在会计师的管理制度上加强控制。可以规定，会计师事务所的审计人员，离开会计师事务所，五年内不能进入其服务的客户单位工作。这样做是为了防止企业以高薪聘请为诱饵，让会计师为他们提供特殊服务。

对揭示企业欺诈行为，或防止某项欺诈行为发生的会计师应给予表彰和嘉奖等等。

也许我的想法比较天真。但作为社会的公民，作为曾经在财务公司里长期服务,深知其中奥秘的专业人员,我愿意尽我的所能提出建议。

3. 四大会计师事务所被告案

如今全世界最著名的,规模比较大的会计师事务所,有"四大"会计师事务所之称。它们分别是:普华永道(PWC)、毕马威(KPMG)、德勤(DTT)和安永(EY)。"四大"会计师事务所在全球的年服务营业额达到好几百亿美元。据报道,"四大"在中国的年营业额达到了40亿人民币。在它们发展的同时,因为大肆追求利益和扩张排名,也产生过不少问题。它们近年来都先后卷入了世界各类财务欺诈案或其他财务问题,或受到世界各国的司法起诉,或以赔款了结。请看下面的事例简述:

普华永道(PWC)

普华永道于1998年7月1日由原来"八大"中的"两大",普华国际会计公司(Price Waterhouse)和永道国际会计公司(Coopers & Lybrand)合并而成。1999年1月公布的全球年收入为131.30亿美元,现全球共有合伙人8979人、专业人员42954人,在全球共有办事机构1 183个,是世界最大的会计师事务所。

主要国际客户:埃克森、IBM、日本电报电话公司、强生公司、美国电报电话公司、英国电信、戴尔电脑、福特汽车、雪佛莱、康柏电脑和诺基亚等。

1. 最近,普华永道又卷入了美国上市的印度第三大软件公司萨蒂扬(Satyam)的15亿美元的欺诈案。萨蒂扬董事长透露:普华永道在给萨蒂扬董事会的信中已经表示,审计中是存在不正确和不实之处。美国司法部已经接受萨蒂扬对普华永道的起诉,普华永道在印度的两名合伙人斯瑞尼瓦斯·陶鲁瑞和古帕拉克里斯楠(Srinivas Talluri and S. Gopalakrishnan)也已经被印度警方拘留。案件还在进一步审理之中。

2. 2008年7月28日,中国财政部11号公告显示,普华永道会计师事务所被财政部要求责令整改。原因是普华永道在对黄山旅游和京东方两家上市公司的审计时出了问题,特别是在审计程序上存在问题。

2002年,黄山旅游投入了4400万元,用于证券投资,然而到了2004年3月,全部证券投资清算后,亏损了1852万元。但是这一事项,在2002年度和2003年度的财务报告和审计报告中都没有如实体现出来。

同样是在2002年,黄山旅游还有一笔3700万元的不当资产交易。该交易,完全是为了避免无形资产减值准备对利润的影响而特别处理的。

在京东方的2003年度审计中,需要更正的大的错误就多达六项,涉及的问题都是直接影响到京东方当年利润,如多计投资收益、漏计银行借款、多计结转成本、少计费用成本等等,导致了京东方2003年度的利润虚增了4202万元,留成收益虚增了1681万元。

3. 经过长达五年的诉讼最终在2007年7月结束,普华永道接受了法官的判决,赔偿2.25亿美元给瑞士Tyco International Co.公司的股东。Tyco International Co.公司也因管理问题,向股东赔偿了7500万美元。自2002年起,普华永道就深陷于瑞士Tyco International Co.财务欺诈案。公司董事长兼CEO丹尼斯·柯兹洛斯基（Dennis Kozlowski）和财务总监CFO 麦克·斯瓦兹（Mark H. Swartz）合谋盗窃公司1.5亿美元。

4. 2007年普华永道同时还卷入了印度环球信托银行（Global Trust Bank Ltd）和印度DSQ软件公司（DSQ Software）的欺诈案。

5. 2006年7月普华永道在日本的子公司卓·奥亚马（Chuo Aoyama）被警告停业两个月。

由于牵涉多起财务欺诈案，印度有人提出，将永远禁止普华永道为印度上市公司审计。

毕马威（KPMG）

1999年1月公布的毕马威国际会计公司年收入为90亿美元，在全球共有合伙人6561人、专业人员59663人，办事机构844家。

主要国际客户：美国通用电气、壳牌公司、辉瑞制药、雀巢公司、奔驰公司、百事可乐、花旗银行等。

毕马威为香港百大上市公司和内地百大上市公司提供审计服务的市场占有率（按市值计算）分别为47%和30%。其中，中国石化、鞍钢新轧、招商银行、南方航空、齐鲁石化、万科A、万科B、上海石化、华电国际、*ST洛玻、石炼化、中国凤凰、扬子石化、仪征化纤、中原油气等都是毕马威的客户。

1. 2008年3月，美国毕马威为尽快了结施乐公司的案件，赔付了8000万美元。

2. 2007年，德国毕马威被西门子公司解除了审计合约。原因是没有查出公司有问题的付款，导致西门子公司为此卷入了行贿案件，并支付了13.4亿德国马克的罚款。虽然大家心里明白，会计师完全应该发现付款的问题，但因为没有足够的证据，或要取得证据将是费时耗财，也会引起旷日持久的法律诉讼，西门子不得已改用了安永会计师事务所。

3. 2006年，被指控在审核美国房利美的年度财务报告中有不当行为。

4. 2005年初，涉嫌为美国富人逃税欺诈，该审计所创造了一个所谓的避税工具，实施并帮助纳税人逃税25亿美元，被美国当地司法部起诉，并要求4.56亿美元的罚款，官司还在进行之中。

有人曾怀疑，司法部对毕马威进行的控告，将有可能导致毕马威的灭顶之灾，因为它在制造逃税庇护所。如果真是这样的话，那么"四大"就将只剩下"三大"了。

5. 2003年，毕马威涉嫌在中国上市公司锦州港虚假陈述案中负有连带责任，招致起诉。

德勤（DTT）

德勤会计师事务所是通过好几次大合并而成的。最主要的母体是瑞士的德勤全球公司（Deloitte Touche Tohmatsu）。虽然在业绩上，比较突出的是美国德勤（Deloitte & Touche USA LLP），但事实上，它也是瑞士德勤全球公司的一个分支机构。

瑞士德勤全球公司是最早来中国发展的会计师事务所，早在1917年就曾经在中国的上海开设过办事处。

1989年德勤和"八大"中的道取成功合并，进入了一个大步发展的时期。通过这次合并，"八大"就变成了"六大"。

1999年1月公布的德勤会计师行年收入为74亿美元，全球共有合伙人5145人、专业人员52520，办事机构695个。

主要国际客户：微软公司（Microsoft）、美国通用汽车公司（General Motors）、沃达丰公司（Vodafone）、克莱斯勒公司（Chrysler）等。

1. 德勤被卷入中国上市公司科龙电器财务欺诈案，涉嫌虚增营业收入，降低费用成本，虽然德勤已经调降了 ST 科龙 2002 年 1 亿元的营业收入，但对于 ST 科龙还是达到了盈利 1 亿元，可以达到 "扭亏为盈" 并摘掉 ST 帽子的目的。

科龙电器人为制造了大量的现金流，最终董事长顾雏军被拘留。

请看科龙操作的手法：2001 年科龙电器中报实现收入 27.9 亿元，净利润 1 975 万元，可是到了年报，实现收入 47.2 亿元，净亏 15.56 亿元，2001 年下半年科龙电器出现了将近 16 亿元的亏损，主要是计提了坏账准备 2.04 亿元，库存跌价准备 1.26 亿元，长期投资减值准备 0.71 亿元等等，共计提取了减值准备金 6.35 亿元，到了 2002 年，又从 2001 年计提减值准备金里转回了 3.5 亿元，使科龙 2002 年突然扭亏为盈了，净盈利 1 亿元人民币。而事实上如果没有这 3.5 亿元转回的计提减值准备金，ST 科龙 2002 年还是亏损 2.5 亿元。

这种简单的把戏难道德勤会计师事务所会看不出来？事实上 2001 年对账龄都不超过三年的科目计提减值准备金是否必要，会计师们都不加考虑吗？这样大幅震荡的财务报表怎么能不引起会计师们的重视呢？

2. 德勤被卷入了中国上市公司古井贡酒高达 5910 万人民币的漏税事件。

3. 德勤还卷入了创维集团香港上市财务作假、中芯国际案件中因涉嫌套汇被上海外汇局处罚。

4. 2009 年因涉嫌为 Fortress 掩盖负债，赔偿两家日本保险公司合计 2.5 亿美元。

5. 2005 年 4 月 26 日，德勤同意支付 5000 万美元了结阿戴尔菲亚通讯公司（Adelphia Communications Corporation）财务账问题。

安永（Ernst & Young）

美国安永会计师事务所，最早于1849年成立于美国，后经过多次的兼并后，才略具规模。直到1989年，由原先世界"八大"会计事务所之中的"两大"Arthur Young及Ernst & Whinney相互合并后，形成了现在的Ernst & Young。这次合并以后，世界上原有的"八大"会计师事务所就变成了"五大"。当安达信会计师事务所关闭以后，便成了现在的"四大"了。

1999年1月公布的安永国际会计公司年收入为91亿美元，全球共有合伙人6000人、专业人员57000人，办事机构674个。

主要国际客户：英特尔、可口可乐、沃尔玛、英国石油、时代华纳、美洲银行、麦当劳等。

1. 2009年1月，安永被指控隐瞒英国-爱尔兰银行大额贷款给自己的董事长肖恩·菲茨帕特里克（Sean FitzPatrick）事件，并导致英国-爱尔兰银行股价跌去99%，爱尔兰政府不得不全面接管了英国-爱尔兰银行，现在英国政府和注册会计师协会正在全面调查安永在该事件中的职业操守和是否有协同犯罪的可能。

2. 2004年4月安永会计师事务所又卷入了英国一家保险公司的官司，被要求赔偿26亿英镑，虽然最后是庭外和解，但耗时一年多，消耗了大量的人力、财力和各方面的资源。

3. 1999年安永公司卷入Cendant公司的财务欺诈案，并承担了将近3亿美元的罚款。

从以上四大会计师事务所，近几年当被告和被处理的情况来看,有的是会计师受利益驱使,同流合污;也有的是会计师疏忽了,缩短了审计时间,马虎从事;但也有的是受诬告陷害的。

会计师事务所一旦进入了错误的方向,以争取盈利为第一目的时,他的问题就会严重出现了。所以,笔者觉得用会计师事务所营业额来比大小的做法有百害而无一利。世界范围内各会计师事务所相继合并,可以号称自己是世界最大会计师事务所,可以招揽更多的业务。于是,讲究数量忽略质量的审计业务比比皆是。现在世界各国已经发现了这一问题,如果会计师事务所一旦形成了世界垄断的话,那么问题将不堪设想,到那时,"守夜人"不知道会敲出什么样的奇怪"钟声"。因此世界性的大型会计师事务所,已经几乎不可能再获得合并的批准。

而中国的有些会计师事务所的问题更是过分,还没有达到一定的质量,就开始无限制地发展数量。它们的问题似乎远不止为企业弄虚作假,而是本身就在虚假中产生和运行。

比如一共只有16名会计师的深圳中喜会计师事务所在2003年1月到2004年5月期间,出具了4098份审计报告。如果满打满算,他们每天都不休息,一年零五个月的时间里,他们也就等于每天要出八份审计报告,工作时间内每一小时一份。我们甚至可以怀疑,会计师们是否有时间看清楚被审计单位的名称。炮制这种报告,只要秘书小姐根据电脑里标准的审计格式,换上不同公司的名称,让打印机不停地工作就可以了。

更荒唐的是,当财政部依法做出撤销深圳中喜会计师事务所的决定,并由执法人员上门送达通知时,深圳中喜会计师事务所早已经是人去楼空,无法寻找他们的踪迹了。后来在会计师事务所审批部门查询到,深圳中喜会计师事务所的主要合伙人,又在其他地方成立了"乾嘉德会计师事务所"。像这样的事务所不是"田鼠"的天敌,而是"田鼠"的"保镖"了。"保镖"不除,"田鼠"必定泛滥成灾。

几年前,中国的上市公司银广夏案曝光后,被卷入该案的深圳中天勤会计师事务所,受到了摘牌停业的惩罚。同样,当红光案被揭发的同时,涉案的四川省蜀都会计师事务所也被解散消失了。

以上是世界最大的会计师事务所,以及个别中国会计师事务所发生的问题,但这仅仅是被抽查出来的问题。在每年这么多的财务报告中,类似的差错有多少,我们就不得而知了。如果再多几家像深圳中喜会计师事务所闭着眼睛每天签发八份审计报告,就像闭着眼睛例行公事"守夜敲更"那样,不但失去了意义,反而会成了犯罪分子的保护伞。

会计师的不尽职,比守夜敲更人的失职对社会的危害更大得多。受蒙骗、受伤害的是全社会的公众投资者,就像安达信公司和安然公司的问题一样,两家公司的倒闭,直接导致失业的人员达几万人,因养老金颗粒无收、将永远生活在贫困线下的老人有几千人,公众投资者的资产损失,更是无法统计。

一个个有问题的中国会计师事务所被卷入到上市公司的案件中,但中国还没有一家被世界公认的权威的会计师事务所出现。

我相信总有一天,我们可以看到,中国也会有像亚瑟·爱德华·安徒生这样的有识之士,以一个专业会计师的本能,对社会公众负责的本能,为维护中国的经济秩序守夜敲更!

4. 金融海啸,唤醒全球

金融业是一个特别的经济世界,它不生产具体的生活用品,不生产可以让人们触摸得到的实物。但它的产品，可以给人们带来财富。所以，它能够吸引全世界高智商的精英，同样也让贪婪人的眼睛发红发绿，甚至可以让人变成鬼，让鬼变成恶魔。

美国的金融风暴，关键是金融产品过剩引起的。金融首先是为实体经济服务的，但在提供服务的同时，又衍生出很多投机产品。这些投机产品，可以产生超额利润，大量的超额利润就吸引更多的人参与。

就像股票市场一样，当牛市来临时，从不炒股票的人，看到兄弟姐妹，同事邻居，甚至没有文化的老头老太都在股市中赢钱了，也会受到影响，而投身于股海之中。

超额利润吸引了更多的投资资金卷入金融界，引发了投资过剩，密集的新股上市 IPO，无节制的增发新股，社会的资金市场需求量猛增，银行贷款放松发放，就像美国出现购房零首付，而且无须对贷款人的还款能力进行资格审查，而这些贷款又进一步投入到金融市场，一旦到了金融业产能过剩的时候，就如商品市场供大于求，市场再也无法消化金融产品的存货时，金融危机就来了。

就连久经沙场的雷曼兄弟，还是被"次级贷款"的虚拟暴利，蒙蔽了智慧的眼睛，卷到了金融海啸的旋涡之中。

雷曼兄弟有着158年的历史，在一个半世纪的历史长河里，雷曼兄弟经历过19世纪铁路公司倒闭的风暴，1929年美国经济大萧条的洗礼、1994年信贷危机的考验、1998年货币危机的磨炼和2001年网络科技泡沫破灭的荡涤，确实是九死一生，因此被公认为"一只有着19条命的猫"。但它还是没躲过2008年的金融海啸，没能用它轻盈的"猫爪"跃过次级贷款的危机而安全着地。

因为贪婪，过分的贪婪，雷曼兄弟没能创造第20次起死回生的奇迹。是因为它错误的经验，还是因为自以为有幸运护身符，害死了这只命大的幸运的"贼猫"？

我清楚地记得，15年前，自己第一次进赌场时的心态。就当是去大世界，看看里面的西洋镜那样，是一种消遣。赌注20美元，如同买张电影票，看场电影消磨打发空余时间，还有一个不知道哪里听来的美丽修饰词——小赌怡情。

在这种心态下，赢了，见好就收，输了，决不扩大赌注，拍拍手，就当"电影"散场了，回家睡觉。我还成了常胜将军，少则二三十元，多则百把元，最多的一次竟然赢了280元。但好多次，也饱尝了没敢多下点注，失去了可以大赢的机会。

一次机会来了，我看到了庄家连续摇出了11次单数，我就开始押双数，我坚信数学概率均等的理论，出双数的概率一定远远大于再出单数的可能。但我还是谨慎地只押了10美元，单数；于是我就押20美元，单数；我押了40美元，这个时候，我早已经忘了自己定的规矩，最大赌注不超过20美元。还是单数，我相信下一个，第15次一定会是双数了。80美元，160美元，还是单数，360美元，还不见双数，我把兜里最后的500美元现金全押上了，这是我最后一搏，希望能赢回我先前的损失。但是事与愿违，没想到这第18个数竟然是13，当13无情地出现在我的面前时，我脑子轰的一下，脸都泛上了发烫的红色。我几乎疯了，不相信自己的眼睛，我更不相信概率论会出问题，我要刷我的信用卡再下注，当我跑去取款机拿钱的时候，我想起了大学数学教授曾经反复强调过：不要忽略小概率事件，小概率事件，往往会发生！我笑了笑，笑什么，我自己也不知道，也许是笑自己的愚蠢，也许是笑自己获得了教训。我赌什么气呢？我认输不行吗？哪怕下一个一定是双数，这和我有什么关系呢？这里不是求证概率论的地方。我把信用卡又放回了自己的皮夹，走出了赌场的大门，这场"电影"真贵呀，花掉了我整整1 130美元。我不知道是不是世界上最贵的一场"电影"，但至少是我这辈子最贵的一场"电影"了。

在商场上，永远没有常胜将军。但如果每一次都能用平常心去对待，还是有可能保持多赢少输，求得取胜的最大概率。

美国的金融业和实体经济要消除产能过剩的问题，被迫走上了破产和兼并的道路。贝尔斯登的破产，解决了对冲基金方面的产能过剩；美林证券的破产，降低了证券期货市场的产能过剩；雷曼兄弟的破产，减少了房产市场金融衍生品的产能过剩；通用汽车和克莱斯勒的破产，缓解了汽车市场的产能过剩。

一个公司的发展，是一天天成长起来的；一个公司的衰败，也有一个很长的过程。就拿安然公司来说，第一次的财务造假是在1997年，到2002年最终财务欺诈案破败而倒闭，也有五年的时间。

2008年美国的金融风暴源于美国的房利美（Fannie Mae）和房贷美（Freddie Mac），但这两家公司的问题也绝不是在2008年才产生的。我们说当局者迷，他们可能在2006年、2007年具有侥幸心理，就像赌徒希望用最后一分钱创造奇迹，翻本赢回所有的亏损一样。那么作为会计师，为什么不向社会提前敲响警钟呢？难道他们也看不出这些公司的问题吗？

一大批投资银行倒闭了，美国在2008年有100多家银行相继倒闭，紧接着需要大量贷款作为运营资金的公司也就出现了问题，大量的失业人员出现了，社会的购买力大大下降，产品卖不出去，社会进入了一个恶性循环。

首当其冲的就是高档商品，像汽车这类人们可买可不买的商品。美国几乎人人都有汽车，可不换新车的就用旧车开开啦。所以，美国的通用汽车公司和克莱斯勒等大公司相继倒闭，为它们提供配套产品和原材料加工的工厂也摇摇欲坠，光是上游大企业的应收未收账款，也足以使它们破产了。

随后就是保险公司，无力支付这么多倒闭企业的保险赔偿，据说，世界最大的保险公司国际集团公司（AIG）近来又有2000亿欧元的赔偿金窟窿无法填补。

在美国，大公司因为丑闻破产，从表面上看倒霉的是投资者和高级管理人员，实际上，受影响最大的还是普通的老百姓。当安然公司倒闭前，公司高层们纷纷抛售了手中的股票，而公司的普通员工，还没到退休年龄，他们无法提取作为养老金的股票去抛售。只能看着它天天下跌直至到零。他们几十年的养老金就这么化为乌有。至于破产引发的失业浪潮，更让靠工薪生活的普通劳动者陷入困境。

有一天，我坐在出租车里，车子缓缓穿过繁华的商业街区。外面是狂暴的风雨，车厢外壳被巨大的雨点打得噼啪作响。街上突然显得空寂、冷清和恐怖。行人们躲在街两侧的屋檐下，似乎可怜而无助。

白茫茫弥漫的雨雾，遮挡了驾驶窗的视线，令驾驶员不断抱怨，诅咒这突如其来的鬼天气。我说，这雨太大，再多下一会儿，城市的街道就要积水了。出租车驾驶员说：再怎么下，受淹的还是普通百姓。我听了，沉默许久。是呀，端坐在高楼大厦里的人们，出门有豪车代步，生活是不会被暴雨影响的；或许，他们还有闲情在窗前欣赏雨景呢。

那一刻，我想到了本书关注的主旨：会计师们，你们多担当一点为普通百姓遮挡风雨的责任吧，担当起社会赋予你们的神圣使命,做一个堂堂正正的会计师,为整个社会经济平衡尽心尽力,敲好守夜的钟声。

最后,我也不得不呼吁,痛定思痛,社会也应该重新考虑社会经济制衡框架,从制度上保证会计师们健康地从业,千万别因为制度的漏洞,让好的会计师也随波逐流地成为贪婪的奴隶,变成了"田鼠"们的"保镖"。

图书在版编目（CIP）数据

死亡双人舞／（加）爱德华著.—上海：东方出版
中心，2010.11
  ISBN 978-7-5473-0238-5

  Ⅰ.①死… Ⅱ.①爱… Ⅲ.①纪实文学—加拿大—现
代 Ⅳ.①I711.55

  中国版本图书馆 CIP 数据核字（2010）第 201785 号

死亡双人舞

出版发行：东方出版中心
地　　址：上海市仙霞路 345 号
电　　话：021-62417400
邮政编码：200336
经　　销：全国新华书店
印　　刷：昆山亭林印刷有限责任公司
开　　本：890×1240 毫米　1/32
字　　数：113 千
印　　张：5.25
插　　页：2
版　　次：2010 年 11 月第 1 版第 1 次印刷
ISBN　978-7-5473-0238-5
定　　价：15.00 元

版权所有，侵权必究